LA SERIE
X-CLAN

I0620717

«Non sono mai riusciti a prendermi» sussurrò, alzando lo sguardo e osservandomi attraverso le sue folte ciglia bionde.

«Finché non sono arrivato io».

«Già» confermò, inarcandosi verso di me. «Il mio ciclo inizierà presto. Durante la prossima luna piena».

«Lo so». Era un'altra delle differenze che distinguevano le nostre specie. Le omega X-Clan andavano in estro con un ritmo molto personale, mentre le Ash ci andavano ogni mese. E durava parecchi giorni.

Senza un alfa che potesse soddisfare i suoi bisogni, era un'esperienza estremamente dolorosa. Doveva essere stato orribile, per lei, trascorrere ogni ciclo nei boschi, nascosta, tentando in tutti i modi di evitare il suo branco.

Non c'era da stupirsi che fosse riuscita a sopportare le angherie di Ceres senza troppi problemi.

Il suo passato l'aveva resa coraggiosa, le sue scelte obbligate l'avevano indurita.

Un'omega insolitamente forte.

La compagna perfetta per me.

«Mi aiuterai ad affrontarlo?» mi chiese dolcemente. «O è meglio se vado ancora una volta a nascondermi?».

«Puoi provarci» risposi, avvicinando le labbra al

suo orecchio. «Ma ti inseguirò di nuovo. Ti troverò. E ti scoperò finché non mi implorerai di smetterla».

Rabbrividì, ricoprendo il mio cazzo con un nuovo fiotto di desiderio.

Mmm, l'idea sembrava piacerle.

Il pulsare del mio nodo indicò che valeva lo stesso per me.

«Non so se riuscirei mai a dirti di smetterla» mormorò, aggrappandosi alle mie spalle. «Ma non ringhiare. Per favore».

Le accarezzai il collo con la lingua, indugiando sul punto in cui il suo battito rapido e costante riecheggiava sotto la pelle. L'avrei reclamata mordendola proprio lì. E il suo leggero fremito confermò che lo sapeva anche lei.

«Niente ringhi» ripetei. «Altre richieste, Daciana?».

«Niente condivisione». Lo disse con un tono talmente flebile che quasi mi sfuggì.

«Mai» risposi, trascinando i denti sulla sua gola. Poi alzai il viso e la guardai negli occhi. «Non ti condividerei mai».

X-CLAN
L'ESPERIMENTO

Un romanzo della serie X-Clan

Autrice di bestseller per Usa Today

LEXI C. FOSS

Titolo originale: *X-Clan: The Experiment*

Copyright © 2020 Lexi C. Foss

Traduzione italiana: Claudia Sartori

A cura di: Biba Sven

Design di copertina: Covers by Julie

Fotografia in copertina: CJC Photography

Modelli di copertina: Danny Cevette & Skyler Simpson

Pubblicato da: Ninja Newt Publishing, LLC

eBook ISBN: 978-1-68530-201-6

Paperback ISBN: 978-1-68530-223-8

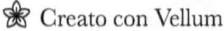 Creato con Vellum

Ai lettori, che rendono possibile tutto questo.

Ho scritto "X-Clan: L'esperimento" perché volevo sapere cosa fosse successo tra Daciana ed Elias nel settore Andorra. Questo racconto autoconclusivo mostra cosa accade nel mio processo creativo quando lascio che siano le voci a dettare le regole. Spero che la loro storia vi piaccia.

X-CLAN
L'ESPERIMENTO

UN ROMANZO DELLA SERIE X-CLAN

X-CLAN
L'ESPERIMENTO

UN ROMANZO DELLA SERIE X-CLAN

Daciana

Sono un'offerta. Un test. Una pedina in un accordo
di cui so poco o nulla.

Vola nel settore Andorra.
Lascia che facciano i loro esperimenti.
Accoppiati con un alfa X-Clan.
Spera che vada tutto per il meglio.

Questi sono i miei ordini. Il mio destino. Non posso
fuggire, e la luna è un orologio impossibile da
ignorare. Uno di questi alfa mi reclamerà, sempre
che la nostra genetica sia compatibile. E se così non
fosse, beh, mi aspetterebbe un fato peggiore della
morte.

Tic toc.
Fa' la tua scelta.
Il tuo futuro dipende da questo.

Elias

La bella lupacchiotta bionda ha visto fin troppo dolore nella sua giovane vita.

Mi fa venire voglia di prendermi cura di lei.
Di adorarla.
Di mostrarle che c'è anche del buono al mondo.
Ma il nostro futuro è dettato da un esperimento.

O è compatibile o non lo è. La luna determinerà il nostro destino. O forse sarà il mio lupo a decidere per noi. Perché ogni secondo che passa diventa sempre più difficile non reclamare la femmina che, nel profondo del cuore, so già essere mia.

Corri, piccola, corri.
E non guardarti indietro.
Perché se ti prendo,
potrei anche morderti.

Nota: Questo è un racconto autoconclusivo in cui sono presenti personaggi de *Il settore Andorra*, il primo libro della serie X-Clan. Ci sono elementi dell'Omegaverse e un lieto fine.

PROLOGO

DACIANA

Cari umani,

Ecco cosa dovete sapere: gli alfa fanno le regole, le omega obbediscono. Anche i beta, ma questa storia non parla di loro. Parla di me e di come sono finita in un settore lontano migliaia di chilometri dal mio.

Gli alfa del settore vogliono mettere alla prova la mia capacità di accoppiarmi, per determinare il valore che può avere un'omega Ash per un alfa X-Clan.

Uno di loro mi darà il suo nodo. Significa che mi scoperà per giorni e giorni, assicurandosi che sia piena del suo seme. E io lo accetterò, perché non ho altra scelta.

Mi è stato detto che questo mondo è molto più oscuro di quello precedente, quello che esisteva prima del Contagio che ha ucciso il novanta per cento della popolazione umana. Io non ne so molto;

sono una mutaforma nata in quest'epoca. E, nel mio clan, lo scambio di potere è una realtà molto concreta. So come sottomettermi. So che non devo lottare. E so anche come scappare.

Sfuggirò al mio destino? O mi ci getterò a capofitto?

Il mio futuro rimane incerto.

Benvenuti nel settore Andorra, dove i lupi sono più pericolosi degli Infetti che si aggirano all'esterno delle pareti di vetro. Anche se entrambe le specie hanno una caratteristica in comune: amano mordere.

Auguratemi buona fortuna.
Daciana

DACIANA

Non riuscivo a smettere di tremare. Era tutto sbagliato. Quel luogo. Gli odori. I *maschi*.

Oh, cielo... Quegli alfa avrebbero voluto mangiarmi viva. Il loro desiderio stava creando dentro di me un bisogno a cui tentai di oppormi con ogni fibra del mio essere. Reagire in qualsiasi modo sarebbe stato interpretato come un invito. E non sarebbe finita bene per me.

«Dammi il braccio» mi ordinò il medico.

Obbedii. Perché obbedivo sempre. Le omega si sottomettevano. Gli alfa comandavano. I beta, maschi e femmine, si limitavano a esistere.

Oh, se solo fossi nata beta, pensai per l'ennesima volta. Non che potessi fare qualcosa per il mio status...

L'ago mi perforò la vena e prelevò un altro campione di sangue. Almeno quel giorno non si erano messi ad armeggiare tra le mie gambe. *Quello sì* che mi aveva messa a disagio. La piccola omega dai capelli blu che aveva effettuato l'esame non aveva fatto altro che scusarsi. Io non avevo detto nulla, nonostante volessi sapere come fosse riuscita a ottenere una posizione del genere in un settore di lupi X-Clan. Girava voce che, nella loro società, le omega fossero trattate come animali domestici.

Lo sapevo fin dall'inizio. Avevo capito qual era il mio destino. L'avevo addirittura accettato.

Se il mio corpo fosse stato compatibile, nessun alfa avrebbe esitato a usarmi. Reclamarmi. Possedermi. Mettermi incinta.

Di certo non era quello che avrei scelto per la mia vita, ma ero nata senza diritti. Una merce da sfruttare. Che era esattamente come mi aveva trattata l'alfa del settore Shadowlands: mi aveva spedita nel settore Andorra per venire testata, scopata ed eventualmente posseduta.

Un brivido mi corse lungo la spina dorsale. Le luci abbaglianti del laboratorio mi offuscavano la vista.

Continuarono a prelevare sangue.

Svariati campioni.

Punzecchiandomi ovunque.

Senza dirmi assolutamente *nulla*, tenendomi legata a quel dannato lettino. Oh, sostenevano che non fossi loro prigioniera, che mi avevano legata solo per assicurarsi che non mi muovessi durante le procedure, ma sapevo come stavano le cose. Se avessi cercato di fuggire, mi avrebbero presa e portata indietro.

Ed ecco perché era presente anche un babysitter. Un alfa.

Se ne stava in silenzio accanto alla porta, con le mani infilate nelle tasche dei jeans. Mi osservava con i suoi occhi scuri che non lasciavano trasparire nulla. L'alfa del settore l'aveva chiamato Elias. Trasudava potere. Doveva essere una figura di alto rango, forse addirittura il secondo in comando.

Non lo potevo sapere con certezza, visto che non mi aveva rivolto neanche mezza parola.

Ma di tanto in tanto emetteva un verso simile a delle fusa.

Un brusio sommesso, che tendeva a comparire quando la mia ansia raggiungeva l'apice, per poi sparire dopo avermi tranquillizzata.

Mi toccava soltanto quando doveva condurmi da qualche parte. Non si trattava mai di una carezza rassicurante o seducente, ma di gesti pratici e protettivi.

«Ceres» disse, strappandomi dai miei pensieri. Aveva una voce profonda e sensuale. «Credo che tu l'abbia torturata abbastanza per oggi».

«Ho ancora quattro esami, E». Il medico beta picchiettò l'ago della siringa, pronto a infilarmelo di nuovo nel braccio.

Ma il ringhio dell'alfa lo bloccò. «Ho detto che l'hai torturata abbastanza per oggi».

Deglutii. La sua aggressività era come un afrodisiaco per i miei sensi. Il mio ciclo estrale si stava avvicinando, sarebbe arrivato con la luna piena. Era parte del motivo per cui Dušan mi aveva spedita lì proprio in quel momento.

Un test.

Per vedere se fossi riuscita ad accoppiarmi con un alfa X-Clan.

Oh, mi avrebbe fatto male. Molto probabilmente sarei svenuta dal dolore. E avrebbe continuato a scoparmi, a prescindere dalla mia paura e dalla mia sofferenza.

Agli alfa importava soltanto una cosa: procreare.

Beh, e dire a tutti cosa dovevano fare.

Veniva loro naturale.

Un sapore amaro mi riempì la bocca. I due maschi si stavano fronteggiando, ma non ci volle molto perché il beta cedesse. Elias era chiaramente il più dominante tra i due.

«Va bene» scattò Ceres, riponendo i suoi strumenti. «La voglio di ritorno al più presto, per recuperare il tempo perduto».

«Tornerà quando sarà pronta» rispose Elias. «L'hai già praticamente prosciugata. Di cos'altro hai bisogno?!».

«Elias, tu sei un comandante e io non ti dico come fare il tuo lavoro. Mi aspetto lo stesso trattamento, okay?». Ceres lasciò la stanza senza aspettare una risposta, sbattendosi la porta alle spalle.

Elias inarcò un sopracciglio e sospirò. «Idiota» borbottò, per poi concentrarsi su di me.

Non mi mossi, perché non potevo. Ceres mi aveva legata al lettino, lasciandomi libere soltanto le braccia. Certo, tecnicamente avrei potuto slegarmi, ma non avevo il coraggio di farlo.

Elias si avvicinò e osservò le cinghie. «Posso?» chiese, incontrando solo per un attimo il mio sguardo.

Aggrottai la fronte. *Mi ha davvero appena chiesto il permesso di toccarmi?* No. Impossibile. Doveva essere una domanda retorica.

Ma quando non risposi, mi guardò di nuovo. E nei suoi occhi c'era una punta di irritazione. «Preferisci stare lì tutta la notte?».

«N… no» balbettai.

«No, non posso slegarti? O no, non vuoi stare lì tutta la notte?». Era davvero un bel maschio. Mi piaceva particolarmente il modo in cui la luce giocava con le ciocche color caffè dei suoi capelli castano scuro.

Che aspetto avrebbe in forma di lupo?, mi domandai, perdendomi nelle mie fantasticherie. *Forte. Con una pelliccia scura. E con gli occhi neri come una notte senza luna.*

«Daciana» scattò. Tornai a concentrarmi su di lui con un brivido.

«Oh. Slegami. Per favore». Deglutii a fatica. «Scusami». Chiusi gli occhi. Suonavo così patetica. Gli alfa mi avevano sempre intimorita. Lui ancora di più, a causa dell'energia che emanava.

Forte.

Virile.

Disponibile.

La mia lupa interiore era tutta agitata. Le sarebbe piaciuto averlo come compagno. Ma lui non avrebbe mai scelto me. Non ero una lupa X-Clan, ero solo un'omega Ash. Un rimpiazzo per chi aveva bisogno di accoppiarsi. Un maschio del genere avrebbe sicuramente aspettato di trovare la femmina perfetta per lui. Una che fosse sua pari. Della sua specie. Non un esperimento.

In più, nemmeno *io* lo volevo. O qualsiasi altro maschio.

Una bugia, ovviamente.

Ma me la ripetevo ogni giorno come un mantra, per ricordare a me stessa che non avevo bisogno di un compagno per sentirmi degna. A chi importava che non piacessi a nessuno degli alfa Ash? Che il leader del mio stesso settore avesse deciso che ero più utile come merce di scambio che come femmina?

A me.

Mi importava eccome.

Il palmo tiepido di Elias mi sfiorò la guancia, spingendomi ad aprire gli occhi. Mi rivolse uno sguardo colmo di compassione. «Non ti farò del male, omega. Nessuno te ne farà. Okay?».

Non seppi come rispondere. Perché anche il suo stesso odore mi faceva capire che non era vero. Agli alfa piaceva scopare le omega. Non mi avrebbe mai scelta come compagna, ma non appena fossi andata in calore sarebbe stato il primo a prendermi. Per darmi il suo nodo. Per spargere il suo seme. Per riprodursi.

Ciò lo rendeva una minaccia.

Tutti gli alfa lo erano.

Prendevano e basta, non davano mai.

Aggrottò le sopracciglia. «Ti terrorizzo».

Ci riflettei sopra per qualche istante. No. Non provavo terrore. Forse un po' di paura. Ma non necessariamente di lui. Solo di quello che avrebbe potuto fare.

Un alfa accecato dal calore aveva il potenziale di infliggere un dolore immenso, procurando anche un po' di piacere.

Era di quello che avevo paura.

Il suo pollice seguì i contorni del mio labbro tremante. La sua espressione continuava a essere illeggibile. «Cosa ti ha detto Dušan, prima di mandarti qui?».

Non era stato Dušan a spiegarmi cosa sarebbe successo; erano stati i suoi uomini. Avevano detto che l'accordo prevedeva obbligatoriamente il corteggiamento, ma non ero così ingenua da crederci.

Poi, durante il viaggio in aereo, quel viscido di Caspian aveva confermato i miei sospetti.

Le sue risatine maligne mi riecheggiavano ancora nella mente. Si era messo a scherzare sul fatto che gli alfa X-Clan mi avrebbero fatta a pezzi con i loro cazzi. Si diceva che fossero almeno cinquant'anni che nel settore Andorra non si era vista un'omega disponibile.

Eppure, l'alfa che avevo incontrato il giorno prima ne aveva addosso l'odore. Anche Ander Cain non aveva mostrato alcun interesse nei miei confronti, anche se ero convinta fosse dovuto al mio essere una lupa Ash...

«Daciana» disse Elias, riportando ancora una volta la mia attenzione su di lui. «Questi tuoi silenzi stanno rendendo inquieto il mio lupo».

Gli lessi negli occhi che stava dicendo la verità. Avvicinai la mano al suo viso e gli sfiorai i cerchi scuri che tradivano la sua stanchezza. «Devi andare a correre» sussurrai, cogliendo il bisogno del suo lupo di trasformarsi. Ecco cos'era l'aggressività che avevo percepito; non il suo desiderio nei miei confronti, ma la voglia di libertà del suo animale.

Mi ricordò un po' Dušan e il modo in cui il suo lupo sembrava sempre agitarsi sotto la superficie, camminando avanti e indietro come un animale in gabbia.

Certo, non conoscevo sul serio Dušan, avendolo visto sempre e solo da lontano.

Era l'alfa del settore Shadowlands, indubbiamente troppo occupato per perdere tempo con un'omega come me.

Troppo esile.

Troppo bionda.

Troppo mite.

Una pedina in una partita di scacchi, che aveva

scambiato con un carico di strumenti di cui non capivo nulla.

Le omega erano tutt'altro che venerate.

La mia stessa gente non mi voleva. Probabilmente perché pensavano che ci fosse qualcosa che non andava in me, dopo quello che era successo a mia madre.

C'è davvero qualcosa di sbagliato in me?, mi domandai. *Forse*.

Scostai le dita dal volto dell'alfa e fissai il soffitto.

Solo che lui si spostò e occupò di nuovo la mia visuale. «E tu?» mi chiese dolcemente. «Hai bisogno di una corsa?».

Ne ho bisogno? Mi strinsi nelle spalle. «Importa davvero? Sappiamo entrambi che le mie necessità non fanno alcuna differenza» commentai, sentendomi stranamente audace. Mi si sarebbe ritorto contro di sicuro, ma non mi interessava. Non avevo letteralmente nulla da perdere.

Quei maschi avrebbero preso il mio corpo.

Mi avrebbero costretta ad accoppiarmi.

E se il mio utero si fosse rivelato ospitale, mi avrebbero resa un'incubatrice ambulante.

Elias slacciò la cinghia che mi bloccava sul lettino, passandomi attorno alla vita. Doveva essere troppo stretta, perché il materiale mi aveva segato la pelle, riducendo la circolazione. L'improvviso flusso di sangue mi provocò una fitta di dolore che mi fece sussultare.

Elias mi guardò con un'espressione accigliata, poi afferrò il mio camice e lo sollevò.

Raggelai.

Forse avevo frainteso il suo atteggiamento. Voleva prendermi proprio in quel momento, su quel…

«Santo cielo» boccheggiò. Il suo palmo era un marchio infuocato sul mio ventre nudo.

Una lacrima mi sfuggì dalle ciglia. Le mie gambe erano ancora legate al lettino, spalancate.

Ormai era questione di secondi.

Si sarebbe posizionato davanti a me e…

Il camice tornò al suo posto. Alzai gli occhi e mi specchiai in uno sguardo furibondo. «Perché diavolo non hai detto niente?» chiese.

Corrugai la fronte. «Co… cosa?».

«Sei piena di ferite». Mi liberò rapidamente le gambe, poi iniziò a frugare nei cassetti del laboratorio. «Cazzo. Non so nemmeno cosa sto cercando». Sporse la testa fuori dalla porta e gridò: «Riley! Porta subito il culo qui!». E si mise a camminare nervosamente avanti e indietro, lanciandomi delle occhiate furiose.

Fui sul punto di rannicchiarmi in posizione fetale, ma avevo dolori dappertutto. Così mi limitai a rimanere immobile.

«Non mi hai appena ordinato di portare il mio culo nella stanza di una paziente!» gridò una voce femminile dal corridoio. Qualche istante più tardi, la dottoressa che mi aveva visitata poco prima fece il suo ingresso.

«Non cominciare» ringhiò Elias in risposta. «Ander potrà anche tollerare il tuo atteggiamento, ma se provi a fare lo stesso con me ti darò una bella sculacciata e ti manderò a piagnucolare da Jonas».

L'omega lo squadrò da capo a piedi, con le mani sui fianchi e un'espressione omicida. «Jonas ti prenderebbe a calci».

«Ne varrebbe la pena, solo per sentirti gridare» ribatté, avvicinandosi minacciosamente a lei.

Ma la femmina lo spinse via con una manata sul petto. Non sarebbe andata a finire bene. Com'era possibile che l'omega non sapesse come comportarsi con un alfa? Gli alfa pretendevano la sottomissione. Volevano che le omega si inchinassero ai loro piedi. Non che si mettessero a discutere.

«Sta' alla larga da me con le tue stronzate piene di testosterone, Elias» disse l'audace dottoressa con un tono che non ammetteva repliche. «E adesso spiegami cosa diavolo ci faccio qui».

Un basso ringhio gli risuonò nella gola. «Sei fortunata a essere utile».

Lei gli mandò un bacio. «Mi adori e lo sai».

«Sì, come no». Si passò le dita tra i riccioli scuri e scosse la testa. «Jonas non ti punisce abbastanza».

«Lo so» rispose la femmina con un sorriso nella voce.

Cosa diavolo è appena successo? Le avrebbe permesso di passarla liscia?

«Che donna impossibile» borbottò, riportando la sua attenzione su di me. E con essa la sua aggressività.

Dannazione. Sembrava proprio che sarei stata io a subire le conseguenze della disobbedienza dell'omega. La mia solita fortuna.

Elias allungò la mano per alzarmi di nuovo il camice, e io quasi saltai via. Ma il suo palmo sulla gola mi tenne ferma dov'ero.

Solo che non si trattava di una presa brutale, ma di un tocco gentile.

Come se stesse cercando di offrirmi un po' di sicurezza e conforto, mentre mostrava il mio corpo alla dottoressa.

Aggrottai la fronte, domandandomi perché avesse fatto una cosa del genere.

«Merda» disse Riley.

Mi toccò il fianco, facendomi sussultare.

«Perché diavolo Ceres l'ha legata così stretta?» sbottò Riley.

«Non lo so, ma appena lo vedo sarà la prima cosa che gli chiederò».

Riley sbuffò. «Cioè gli tirerai un pugno in faccia».

«Devo ancora determinare come si svolgerà il mio interrogatorio» ammise con un tono truce. Mi riabbassò il camice. «Puoi darle qualcosa per aiutarla con il dolore?».

«Certo. Torno subito». Uscì dal laboratorio, lasciandomi di nuovo sola con Elias. Deglutii a fatica, col suo palmo ancora avvolto attorno al mio collo.

L'alfa mi accarezzò dolcemente e mi guardò. «La prossima volta, di' qualcosa».

«Tipo cosa?».

«Che ti stanno facendo male» disse a denti stretti.

«È da quando sono arrivata che mi fanno male. Devo dire qualcosa ogni volta che mi infilano un ago nel braccio? Ogni volta che prelevano del sangue nonostante mi abbiano praticamente prosciugata? Ogni volta che mi infilano uno strumento tra le gambe?». Esalai una risatina priva di allegria. «Sono sicura che non desideri che passi tutto il giorno a lamentarmi, alfa».

ELIAS

MI SENTIVO RIBOLLIRE IL SANGUE.

Quella piccola omega snervante aveva sofferto per tutto il tempo senza dire una parola.

Le cinghie avrebbero dovuto tenerla ferma mentre Ceres la esaminava, non imprigionarla per timore di una possibile fuga. Non aveva un posto dove andare. Lo sapevamo tutti. Tranne forse la femmina sul lettino, perché aveva chiaramente paura di me. Paura di *noi*. Paura della vita stessa.

E io volevo uccidere chiunque avesse inculcato una mentalità del genere in quella splendida creatura.

Riley tornò prima che potessi rispondere. Aveva in mano un bicchierino con dentro delle pastiglie e una bottiglia d'acqua. «Prendi queste» intimò all'omega, per poi rivolgersi a me. «Puoi farle fare un bagno, più tardi? Con dei sali curativi? La aiuterà a rilassarsi».

Annuii. «Certo».

Le sue labbra si contrassero in un piccolo sorriso,

e la gratitudine trasparì dai suoi occhi azzurro scuro, dello stesso colore dei suoi capelli. Riley si tingeva, ma sapevamo tutti che era naturalmente rossa, perché la pelliccia della sua lupa era sempre di quel colore.

Se ne andò dicendomi di aspettare ancora qualche minuto, in modo da poter preparare una scorta di sali e medicine. Mi concentrai così sulla docile femmina stesa sul lettino. A parte aver preso le pastiglie, non si era ancora mossa. Quasi come se temesse di essere rimproverata anche solo per aver respirato senza permesso. «Vuoi alzarti?» le chiesi il più gentilmente possibile.

Mi guardò aggrottando la fronte. «Vuoi che mi alzi?».

«Voglio che tu ti senta a tuo agio».

Le sue sopracciglia biondo chiaro schizzarono in alto. «A mio agio? In un laboratorio? Legata a un lettino?». Sembrò riflettere sulle sue stesse domande, accigliandosi ancora una volta. «Sarebbe davvero possibile?».

Sebbene non apprezzassi il suo tono né le sue parole, fui felice di sentirla parlare. Significava che era ancora in sé. Che l'esperienza non l'aveva ancora segnata irrimediabilmente. Nel corso delle ultime ventiquattr'ore mi era sorto qualche dubbio sul suo stato mentale, tra l'atteggiamento sottomesso e i lunghi silenzi. Ma sotto l'apparenza di docilità, sembrava star bene.

O abbastanza bene, se non altro.

Tutta quella storia di celare il proprio disagio doveva finire.

Certo, non aveva tutti i torti. Non era sicuramente in una situazione ottimale.

«Domani ti prenderai una giornata libera» decisi, proprio mentre Riley tornava nella stanza. Doveva aver sentito il mio commento, perché appoggiò la borsa piena di farmaci sul bancone con un'espressione sorpresa. «Tu e Ceres avete campioni a sufficienza, almeno per il momento. Domani mostrerò a Daciana il nostro settore. E andremo a correre sulle montagne. Ander lo autorizzerà».

Perché l'avrei spinto a farlo. Era l'alfa del settore, certo, ma era anche il mio migliore amico. Se gli avessi spiegato che l'omega ne aveva bisogno, mi avrebbe ascoltato.

«Sissignore» disse Riley, simulando poi un saluto militare.

«Vuoi veramente che ti faccia il culo, eh?». Razza di impertinente. «Non capirò mai come faccia Jonas a tenerti a bada».

«È lui che tiene a bada me, o io che tengo a bada lui?» domandò, fingendo di rifletterci sopra.

«Oh, sicuramente io, piccola insolente» intervenne Jonas, comparendo sulla soglia. «Smettila di torturare Elias».

«Non ho fatto nulla del genere».

«La tua compagna ha una bella faccia tosta» informai l'alfa.

«Lo so bene» rispose lui, lanciando

un'occhiataccia alla sua donna. «Stai dando un pessimo esempio alla nostra ospite».

«O forse è l'esempio più giusto» ribatté Riley con un sorrisetto malizioso.

Jonas ringhiò. Fu un verso profondo ed eloquente. «Andiamo».

L'alfa si caricò in spalla la dottoressa e le diede una pacca sul sedere, ottenendo in cambio una cascata di risatine.

Li guardai allontanarsi scuotendo la testa. Quell'uomo era un santo, fottutamente innamorato della sua compagna.

«La picchierà?» chiese Daciana, poi si coprì la bocca, come se non avesse voluto pronunciare quelle parole a voce alta.

«Picchiarla?» ripetei.

«Scusami, non intendevo…».

«Oh, penso di sapere esattamente cosa intendessi». Mi sporsi verso di lei, invadendo di proposito il suo spazio personale; volevo leggerla attraverso l'odore che emanava. «Probabilmente la sculaccerà per essere stata impertinente, ma a lei piacerà. È il loro gioco. Spesso Riley si comporta male solo per ottenere la sua attenzione, e lui la punisce a dovere. Poi scopano e lei viene sul suo cazzo, innamorandosi ancora di più di lui».

Le guance di Daciana assunsero un'adorabile sfumatura rosata. Aveva il respiro mozzato, e l'aria era impregnata del sottile aroma della sua eccitazione.

Mmm, sì.

Aveva capito. Proprio come speravo.

«In questo settore non picchiamo le nostre compagne» le dissi. «E a meno che non mi sia completamente sbagliato su Dušan, penso non succeda nemmeno nel tuo. Chi è che ti ha mentito?».

Iniziò a dimenarsi nervosamente sul lettino; avevo colto nel segno. E ora volevo sapere chi le aveva riempito la testa con quelle stronzate.

«Non ricominciare a fare scena muta, principessa» mormorai. «Dimmi chi ti ha raccontato tutte queste falsità».

«È adesso che posso lamentarmi di stare male?» ribatté a bassa voce. «O è meglio se continuo a sopportare in silenzio?».

Le sue parole mi sorpresero e mi spinsero a indietreggiare. «Non ti sto nemmeno toccando».

«Non tutto il dolore è fisico, alfa» mormorò. I suoi occhi azzurro chiaro vagarono verso la parete. «A volte sono i ricordi a tormentarci».

Un'affermazione potente e rivelatrice. «Tua madre è stata maltrattata dal suo compagno».

«Mia madre non aveva un compagno» sussurrò. «Era una beta, usata da tutti gli alfa privi di una compagna».

Oh, cazzo… Mi passai le dita tra i capelli. Sapevo cosa intendeva. Alcune beta servivano gli alfa per professione. Nel corso degli anni, ne avevo frequentate molte. Ma non erano fatte come le omega: i loro corpi non erano abituati, né adatti, al modo di scopare degli alfa.

E questo significava che la maggior parte di loro finiva per farsi male. Molto male.

«Tutti gli alfa sono uguali e vogliono un'unica cosa» continuò Daciana. «Eppure nessuno di loro mi ha mai toccata, nemmeno quando mi sono offerta di prendere il suo posto. Perché non volevano dare il loro nodo o reclamare una compagna. Volevano solo dominare e distruggere». Scosse la testa, apparentemente persa nei suoi ricordi. «È morta, sai. Per questo Dušan mi ha spedita qui. Nessuno avrebbe sentito la mia mancanza».

«L'ha detto davvero?».

«Non ce n'è stato bisogno» mormorò.

«Non sembra l'alfa che ho conosciuto» ammisi. Per quanto fosse un negoziatore senza scrupoli, aveva chiaramente un debole per le sue omega. Altrimenti, perché aggiungere la clausola sul corteggiamento? Nessun alfa del settore Andorra avrebbe potuto accoppiarsi con un'omega Ash senza il suo consenso. Non era così che facevamo le cose noi lupi X-Clan, ma ciò non lo rendeva sbagliato. Anzi, mi sembrava molto più giusto.

«Non l'ho mai incontrato di persona» rispose. «È troppo in alto nella catena di comando, e io sono soltanto la figlia di una puttana».

Aggrottai la fronte. «Non dovresti parlare così di tua madre».

«Perché no? Tutti la chiamavano così». Una lacrima le scese lungo la guancia. O non se ne accorse, o non ritenne opportuno asciugarla. «Non l'hanno nemmeno sepolta. Dopo aver finito di scoparla, hanno lasciato che me ne occupassi io». Scosse il capo come a scacciare il ricordo. «Scusami. Non è appropriato parlare di queste cose. Lo so. Accetterò qualsiasi punizione vorrai impartirmi».

La guardai a bocca aperta, con le parole "Che diavolo ti è successo?" sulla punta della lingua.

Ma sapevo cosa le era successo.

Era la figlia di una prostituta beta.

Ne avevamo molte anche qui, nel settore Andorra. Era necessario, considerando l'alto numero di alfa. Ma Ander si era sempre assicurato che venissero trattate bene, fornendo loro cure mediche e paghe adeguate.

Mi ritrovai a chiedermi cosa diavolo stessero combinando nel settore Shadowlands.

Cancellai la lacrima dalla guancia di Daciana con una carezza, che estesi al suo bel collo delicato. «Riesci a camminare?».

Aveva sopportato svariati esami nel corso della giornata, eppure non aveva neanche tentato di alzarsi dal lettino.

«Sì» rispose.

La osservai mettersi in piedi. I suoi movimenti erano incerti. «Hai bisogno di mangiare» capii. «E Riley vuole che ti faccia un bagno».

Daciana si limitò ad annuire, tenendo lo sguardo abbassato.

Era ancora convinta che volessi punirla.

In che mondo era cresciuta quella povera omega?

L'avrei scoperto mentre si lavava. Chiamando direttamente Dušan. «Su» dissi, prendendola tra le braccia. Il suo vacillare era diventato un vero e proprio tremito. Per quanto potesse camminare da sola, ero abbastanza sicuro che sarebbe stato doloroso. Era molto debole a causa di tutti i prelievi di sangue, e i segni delle cinghie le facevano chiaramente più male di quanto lasciasse trasparire.

Tenendola stretta a me con estrema cura, mi avvicinai al tavolo dove Riley aveva lasciato il necessario per il bagno e le medicine. «Puoi prendere quella borsa, principessa?».

La afferrò e la strinse come se fosse stato il compito più importante della sua vita.

Riportarla nella sua stanzetta spoglia mi sembrò una crudeltà, così mi diressi verso l'ascensore per raggiungere la mia camera. La vasca da bagno era anche più spaziosa. E la vista dalle mie finestre molto più piacevole, dato che si affacciavano sulla città, invece che su uno scialbo cortile. Per non parlare del fatto che preferivo di gran lunga dormire nel mio letto, piuttosto che sul divano della sua stanza.

Probabilmente ad Ander non sarebbe piaciuto.

La vibrazione sul polso lo confermò non appena

uscii dall'ascensore e misi piede sul mio piano. Non guardai nemmeno il messaggio. Sapevo già cosa c'era scritto. Preferii concentrarmi sul benessere di Daciana. Quando la sistemai su un'enorme poltrona nel mio soggiorno, mi scrutò con diffidenza. «Vado a prenderti un po' di cibo e di acqua. Quando sarò soddisfatto di quanto hai mangiato, ti preparerò un bagno».

Poi mi sarei occupato dell'alfa del mio settore. E di quello del settore Shadowlands.

Mentre le davo da mangiare, Daciana si immerse di nuovo nel suo silenzio. Se non altro si nutrì senza lamentarsi. Avrei solo voluto veder sparire il sospetto dai suoi occhi.

Cercai di parlarle. Le raccontai della mia famiglia e di com'era il mondo prima che gli Infetti lo gettassero nel caos. Di come ero cresciuto in Spagna e di come mi ero trasferito in Norvegia per studiare. Era lì che avevo conosciuto Ander. Continuai illustrandole la nascita del settore Andorra, di come Ander ne divenne l'alfa, del motivo per cui preferivamo concentrarci sulla ricerca nei campi della tecnologia e della medicina. Mi ascoltò con un'espressione distaccata. Non necessariamente disinteressata, ma nemmeno particolarmente incuriosita.

Così, dopo aver riempito la vasca, la portai nel bagno di marmo. «Ho aggiunto i sali come consigliato da Riley» la informai, indicando la borsa preparata dall'omega. «Dimmi se è troppo calda. O troppo fredda». L'avevo testata anch'io, ma la mia temperatura corporea tendeva sempre a essere piuttosto alta.

Mi fissò per un lungo momento, poi si girò verso la vasca ed entrò. Con il camice addosso.

Le catturai il gomito e lei trasalì, chiudendo gli occhi.

«Santo cielo, se avessi voluto farti del male lo avrei già fatto» dissi, vagamente irritato dal suo costante timore della mia vicinanza. «Ma non puoi farti il bagno con quella roba addosso».

Mi accorsi che aveva le lacrime agli occhi.

«Cosa pensi che abbia intenzione di farti?» domandai. Le posai una mano sulla guancia, mentre con l'altra le afferrai il fianco e la feci voltare verso di me. «Sto solo cercando di prendermi cura di te, Daciana».

«P... perché?» chiese. Tremava. «Perché ti stai prendendo cura di me?».

«Perché è la cosa giusta da fare?» suggerii. «Perché sei nostra ospite». Feci scivolare il pollice sotto il suo mento, incoraggiandola ad alzare lo sguardo su di me. «Perché non sono uno stronzo».

Nei suoi occhi chiari lampeggiò un'emozione che soffocò sul nascere. Un'emozione che somigliava molto alla speranza.

Abbassò le mani sul camice e lo sollevò. La lasciai andare, e se lo sfilò da sopra la testa. Lo gettò sul pavimento, restando completamente nuda davanti a me.

Mantenni gli occhi incollati ai suoi, dimostrandole che avevo detto la verità, e le offrii la mano. «Immergiti lentamente. Voglio essere sicuro che non sia troppo calda».

Lanciò un'occhiata alla mia mano, poi chiuse gli occhi e accettò il mio aiuto. Il modo in cui tremava mi disse quanto fosse debole.

«Niente più esami» dissi, più a me stesso che a lei. «Almeno finché non ti sentirai meglio».

Daciana si rinchiuse di nuovo nel suo silenzio, ma colsi il modo in cui le sue spalle si rilassarono, mentre si sistemava nella vasca. Non ci fu alcuna smorfia, nessun segnale di dolore. La presa sulla mia mano era morbida, non tesa. Anzi, quando appoggiò la testa sugli asciugamani che avevo arrotolato in un cuscino improvvisato, mi sembrò totalmente rasserenata.

«Tornerò tra mezz'ora» dissi, lasciando andare la sua mano.

«Grazie» sussurrò, scaldandomi il cuore.

Mi chinai e le posai un bacio sulla testa. «Prego, principessa».

Sospirò. Fu il primo accenno di conforto in tutta la serata. Annuendo tra me e me, uscii dal bagno e controllai i messaggi di Ander.

Che cazzo stai facendo?

Smettila di ignorarmi.

Verrò lì, Elias.

Rispondimi, cazzo.

Sorrisi.

L'ultimo era arrivato quattro minuti prima. *Hai cinque minuti.*

Mi diressi verso la porta dell'appartamento e la aprii, restando in attesa dell'arrivo del mio amico. Qualche secondo più tardi, l'ascensore trillò.

Ander si precipitò nell'atrio. Trovandomi già lì, appoggiato alla parete, si bloccò. E mi scrutò con un'espressione sospettosa. «Perché ho l'impressione che sia una trappola?».

«Non lo è. Ma ho bisogno che telefoni a Dušan».

«Perché?».

«Perché ci ha mandato un'omega completamente devastata, e voglio saperne il motivo».

DACIANA

Nonostante l'acqua calda, quando percepii l'odore di un secondo alfa fui pervasa da una sensazione di gelo.

Ander Cain, riconobbi. Mi si annodò lo stomaco.

Era stata tutta una messinscena. Un modo per farmi rilassare prima di qualsiasi punizione avesse progettato Elias. Non avrei dovuto parlare così liberamente. Sapevo che non avrei dovuto raccontargli tutte quelle cose, ma c'era qualcosa, in lui, che mi aveva fatto venire voglia di confidarmi.

E ora ne avrei pagato il prezzo.

Mi avevano messa in una vasca per pulirmi e prepararmi, e mi avrebbero presa con violenza. Mi avrebbero costretta a godere, usando i loro ringhi.

Le lacrime mi pizzicavano gli occhi, ma le ricacciai indietro.

Dovevo essere forte. Era l'unico modo per sopravvivere. Anche se, a volte, mi domandavo che senso avesse continuare a tener duro, quando chiaramente il fato aveva deciso di accanirsi contro di me.

Un ringhio proveniente dall'altra stanza mi fece rizzare i peli sulla nuca.

Seguì una serie di mormorii concitati.

Tentai di captare la conversazione con il mio udito da lupo.

«Cosa intendi con "completamente devastata"?» chiese Ander.

«Ha dovuto seppellire sua madre, Ander» gli rispose Elias. «Dopo che un branco di alfa ha scopato a morte quella povera beta».

La cruda descrizione mi fece trasalire, ma poi ricordai di avergliene parlato anch'io in quel modo. Era difficile edulcorare un'esperienza così orrenda.

«Cazzo» mormorò l'alfa del settore.

«Già. *Cazzo*. Voglio sapere cosa sta combinando Dušan, laggiù, per permettere che possa accadere una cosa del genere».

Oh, no... Non poteva parlare con Dušan. Non di quelle cose. Se avesse scoperto che gliele avevo raccontate, avrebbe... avrebbe... Okay, non sapevo cosa avrebbe fatto, ma sicuramente non sarebbe stato nulla di buono.

Mi aggrappai ai bordi della vasca e cercai di alzarmi, ma le mie membra erano troppo pesanti.

No, no, no. Non potevo lasciare che la mia stanchezza mi fermasse, dovevo...

«Dušan». Il tono tagliente di Ander mi fece gelare ancora una volta il sangue nelle vene.

«Cain» rispose una voce profonda.

Oh, merda. L'aveva già chiamato.

Rimasi immobile, in ascolto, con il terrore che mi si insinuava nelle ossa. Non avrei potuto interromperli. Tra l'altro, per dire cosa? "Smettetela di parlare"? Fui sul punto di scoppiare a ridere, anche se fu un singhiozzo quello che minacciò di sfuggirmi dalle labbra.

Le omega non avevano alcun potere.

Non mi avrebbero mai dato ascolto.

Inoltre, mi ero guadagnata qualsiasi castigo avessero deciso di infliggermi. Avrei dovuto tacere.

«Perché mi hai chiamato senza preavviso?» chiese Dušan. «C'è qualche problema con l'omega?».

«Lascerò che sia Elias a rispondere» disse Ander.

Trattenni il respiro. Avevo bisogno di sentire cos'avrebbe detto, anche se al tempo stesso ne avevo paura.

«Daciana sembra convinta che la picchierò, Dušan. Anzi, no. Non che la picchierò, ma che la scoperò a morte. Come hanno fatto i tuoi alfa con sua madre».

Silenzio.

Seguito da un'imprecazione borbottata da Dušan. O quantomeno pensai si trattasse di lui, perché non erano stati né Ander né Elias.

«Ionut, uno dei miei *ex* alfa, gestiva un giro di prostituzione ai confini del mio territorio. Ne sono venuto a conoscenza circa due mesi fa. Ho smantellato tutto, liberandomi anche di tutti gli alfa coinvolti, quattro settimane fa. Daciana è una delle vittime che ho preso in custodia. Quando ho scoperto che era un'omega, ho deciso di mandarla nel settore Andorra. Speravo di darle la possibilità di ricominciare. Non avevo idea che fosse così... distrutta».

Sentendogli pronunciare l'ultima parola, trasalii. *È questo che sono?*, pensai. *Distrutta?*

«Ha detto che ha dovuto seppellire sua madre» mormorò Elias.

«Già». Dušan si schiarì la voce. «È successo poco prima della nostra incursione. Ho quella morte sulla coscienza. Se fossimo intervenuti prima, si sarebbe potuta evitare. Non ho scuse».

«Perché un vero alfa non cerca mai delle scuse quando fallisce» disse piano Ander. «Lo capisco».

Altro silenzio.

«Volete restituirla? La possiamo cambiare con un'altra» chiese Dušan. «Possiamo accordarci».

«Non sarà necessario» rispose Elias. «Sarà pure distrutta, ma abbiamo i mezzi per aiutarla».

«Ne siete certi?» insistette Dušan.

«Ne parliamo e poi ti chiamo» intervenne Ander. «Grazie del chiarimento, Dušan».

«Figurati».

Seguì un silenzio carico di tensione. La telefonata doveva essere terminata.

«Sicuro di volerti assumere un impegno del genere?» chiese Ander dopo quella che mi parve un'eternità. O mi ero persa parte della conversazione, o gli alfa avevano comunicato con lo sguardo.

«Posso aiutarla» disse Elias. «*Voglio* aiutarla».

«Ciò che ha descritto Dušan è la premessa per una vita colma di problemi. Non si fiderà facilmente di te».

«Lo so».

«E dovrai essere paziente».

«So anche questo».

«Non sei un uomo paziente, Elias».

«Per lei posso esserlo» sottolineò. Nel suo tono c'era una sfumatura implorante che mi fece preoccupare. Stava davvero supplicando il suo alfa di farmi restare? Perché?

Ci fu un'altra lunga pausa in cui nessuno dei due sembrò emettere alcun suono.

Poi un sospiro profondo. «Va bene. Se è lei che hai scelto, farò tutto ciò che è necessario per supportarti. Ma ti conviene corteggiarla, E. È parte dell'accordo».

«Non la costringerei mai a far nulla» dichiarò Elias.

«Lo so». Seguì un colpo soffocato, forse Ander gli aveva dato una pacca sulla spalla. «Quando vuoi, sei proprio un brav'uomo».

«Wow, grazie amico. Che bel complimento».

«Faccio del mio meglio» rispose Ander con un sorrisetto nella voce. «Tienimi informato su come vanno le cose. Io mi incontrerò con Ceres per discutere dei risultati degli esami».

«Oh, a proposito…» disse Elias. «Chiedi a Riley delle cinghie e di quanto stretta l'abbia legata quello stronzo. L'addome di Daciana è completamente coperto di lividi».

«*Cosa?*» ringhiò l'alfa, facendomi rabbrividire.

Tutta quell'aggressività stava avendo uno strano effetto su di me. Mi confondeva.

Quando fossi entrata in calore, durante la luna piena, mi aspettava un mondo di dolore.

«Già, quindi puoi capire perché non ho intenzione di permettergli di fare altri test su di lei. Mai più» disse Elias, sorprendendomi.

Mai più?

«Cazzo».

«È la tua parola del giorno?» mormorò Elias.

«È la parola che descrive meglio la mia vita in questo momento» borbottò Ander. Sembrava esausto.

«Questo non ha niente a che vedere con la piccola omega testarda che hai rinchiuso nel tuo attico, vero?».

L'alfa del settore Andorra sospirò. «Non so cosa fare con lei».

«Rendila la tua compagna» suggerì Elias. «È questo che devi fare. È già incinta di tuo figlio. Porta a termine il lavoro».

«Non ha ancora imparato la lezione».

Elias scoppiò a ridere. «Sai cosa? Penso che vi meritiate a vicenda. Siete fatti proprio l'uno per l'altra. Il re e la regina di Testardolandia».

«Non cambiare mai lavoro, E. La commedia non è il tuo forte».

Mi giunse alle orecchie il suono di un pugno che incontrava la carne.

Poi grugniti maschili.

Un'altra ondata di energia dominante riempì l'aria, facendomi stringere le cosce.

Alfa che lottavano. Oh, no. No. Non potevo gestirne le conseguenze. Non volevo essere quella su cui avrebbero sfogato la loro aggressività.

Ma sapevo che era quello che mi aspettava.

Si sarebbero affrontati, sarebbe stato versato del sangue, poi si sarebbero concentrati su di me, dandomi il loro nodo da ogni lato. Mi avrebbe fatto male anche durante l'orgasmo. Il mio corpo era fatto apposta per tradirmi.

In quel momento avrei odiato essere un'omega. Avrei desiderato la morte, pur urlando i loro nomi.

Una risata mi strappò dai miei pensieri.

Seguì un tonfo.

Poi un'altra risatina, ed Elias che rantolò: «Mi arrendo. Mi arrendo!».

«Come immaginavo» rispose Ander in tono trionfante. Poi udii dei passi sulla moquette. «Anche se eri quasi riuscito a battermi».

«Lo so» confermò Elias. «Ma poi mi hai tirato un pugno a tradimento».

«Non avresti dovuto abbassare la guardia».

«Già, già» borbottò Elias. «Vuoi bere qualcosa?».

«No, devo tornare dalla mia omega. E immagino che anche tu voglia fare lo stesso».

Aggrottai la fronte.

Suonava tutto così... *affettuoso*. Come se fossero tutti una grande famiglia.

«Mmm... la mia omega» mormorò Elias. «Mi piace come suona».

Non poteva riferirsi a me, no? Forse Elias ne aveva un'altra in città?

No. No, non era possibile, perché non c'erano altre omega disponibili in quel settore. Ben, tranne quella il cui odore avevo colto il giorno prima. Ma lei apparteneva ad Ander, se avevo capito bene il loro scambio.

Forse allora ce n'erano delle altre?

Che il settore Andorra avesse mentito a Dušan?

Beh, anche se ci fosse stata un'altra omega, non avevo sentito il suo odore su Elias. E da quando ci eravamo conosciuti, non mi aveva lasciata sola un istante. Certo, poteva sempre averne una nascosta da qualche parte...

In quel caso, però, avrei sentito il suo odore. Ma percepivo sempre e soltanto quello di Elias. Quella era sicuramente la sua tana.

Se avesse avuto un'altra omega, ci sarebbe stata qualche traccia di lei.

Ma non era possibile che si stesse riferendo a me. Non ero la sua omega. E non avrebbe mai voluto che lo fossi. Non ero nient'altro che una lupa Ash difettosa. Spezzata. Distrutta.

«Non sembri molto rilassata» disse una voce profonda, facendomi fare un salto.

Elias era sulla soglia del bagno, appoggiato allo stipite, e mi osservava.

Non avevo sentito lui avvicinarsi né l'altro andarsene, troppo persa nei miei pensieri. Un luogo molto pericoloso.

«Ancora con i tuoi lunghi silenzi?» commentò, avvicinandosi. Poi si accucciò vicino alla vasca. «E se ti dicessi che mi piace la tua voce? Ti darebbe il coraggio di parlare?».

Lo guardai. «Parlare con te crea soltanto guai».

Inarcò le sopracciglia. «Davvero? Che tipo di guai?».

Aprii la bocca per fare riferimento alla sua telefonata a Dušan, ma poi mi resi conto che non mi era stata impartita alcuna punizione.

Anzi, Dušan sembrava quasi dispiaciuto. Non arrabbiato con me per aver spifferato tutto. Piegai la testa di lato, riflettendo su ciò che era successo. «Perché non gli è importato che te l'abbia raccontato?» mi domandai a voce alta. «Avrebbe dovuto esigere che mi frustassi».

Elias spalancò gli occhi, poi un barlume di comprensione gli attraversò il viso. Appoggiò gli avambracci sul bordo della vasca da bagno. «Hai ascoltato la nostra conversazione».

Un'altra trasgressione, mi resi conto. Non facevo altro che sbagliare. Eppure, non riuscii a scusarmi. Avrei dovuto farlo. *Sapevo* che avrei dovuto farlo. Ma non riuscivo, no, non *volevo* pronunciare quelle parole.

«Daciana, sono contento che tu me l'abbia detto» ammise dolcemente Elias. «Mi aiuta a capire le tue reazioni». Immerse la mano nella vasca e si accigliò. «È fredda».

«Sì» concordai.

Mi lanciò un'occhiata irritata. «Ti ho detto di avvertirmi quando sei a disagio».

«Ma non lo sono» risposi, guardandolo con la fronte aggrottata. «Sono cresciuta facendo il bagno con l'acqua molto più fredda di così».

Elias si alzò e si diresse verso un armadietto, da cui tirò fuori un asciugamano. «Alzati, Daciana».

Deglutii e afferrai di nuovo i bordi della vasca, cercando di obbedire al suo ordine. Ma mi sfuggì la presa; i bordi erano troppo spessi per le mie dita minute.

Una mano apparve davanti ai miei occhi. Alzai lo sguardo e trovai quello dell'alfa. Mi stava osservando, ma non in modo famelico. Sembrava più che altro preoccupato. «Daciana» mormorò, agitando le dita.

Premetti il palmo sul suo e lasciai che mi aiutasse ad alzarmi. Mi sollevò senza fatica e mi posò su un tappetino, per poi avvolgermi nell'asciugamano più morbido del mondo. Adorai la sensazione del tessuto sulla pelle. Mi ci rannicchiai istintivamente, desiderando un nido con dei materiali della stesse qualità.

Elias mi osservò con quella sua espressione attenta, poi tornò verso l'armadietto ed estrasse una pila di asciugamani. Tenendoli tra le braccia, mi guidò verso un letto più grande della mia stanza nel settore Shadowlands. «Puoi dormire qui» disse, posando gli asciugamani su uno dei cuscini. «Mettiti pure a tuo agio. Fa' come se fossi a casa tua».

Schiusi le labbra per lo stupore, intuendo che mi aveva appena invitata a fare il nido.

E ne ebbi la conferma qualche istante più tardi, quando si diresse verso un guardaroba da cui tirò fuori svariate lenzuola e coperte, che sistemò sul comodino.

«Ti cerco qualcosa da mettere» disse, attraversando il bagno per poi sparire in un'altra stanza. Quando tornò con una camicia che sapeva di lui, capii che non mi aveva soltanto invitata a fare il nido nel suo appartamento, ma nella sua camera da letto.

Lo studiai. «Hai intenzione di dormire qui anche tu?». Era una domanda legittima, considerando che quella era la sua stanza.

«Solo se lo vuoi anche tu, principessa». Mi sfiorò la guancia con le nocche. «Altrimenti posso riposare nella stanza degli ospiti, in fondo al corridoio».

«Perché non mi hai dato quella?».

Mi accarezzò il collo. «Perché prima o poi vorrei condividere questo letto con te, ma solo quando ti sentirai abbastanza a tuo agio per farlo».

«Vuoi darmi il tuo nodo?» sussurrai, deglutendo a fatica.

«Voglio fare molto di più». Si avvicinò ulteriormente. Le sue cosce sfioravano le mie, la sua mano scivolò sulla mia nuca. «Voglio renderti la mia compagna, Daciana del settore Shadowlands».

«Ma non sappiamo ancora se sono compatibile» balbettai. «E... e non sono... Non sei... Voglio dire... Non è...».

«Ssh» mi zittì, posando le labbra sulle mie nel bacio più dolce del mondo. «Abbiamo tutto il tempo per discutere della situazione».

No, non ce l'abbiamo, avrei voluto dirgli. Doveva sapere che il mio calore stava per cominciare. Tutte le femmine Ash andavano in estro durante la luna piena.

«Non ti costringerò mai a fare qualcosa per cui non sei pronta» continuò. «Ma sono un uomo onesto, e ciò significa anche dirti la verità sulle mie intenzioni. Quindi sì, voglio che tu faccia il nido nel mio letto. E sì, un giorno spero di potermi unire a te. Ma sarai tu a decidere quando, non io».

Premette un'altra volta la bocca sulla mia, indugiando appena più a lungo. Quando si allontanò, sentii subito la mancanza del suo calore. Il mio corpo bramava le sue carezze, i suoi baci.

Il sorriso arrogante che gli si dipinse sul viso mi disse che sapeva esattamente a cosa stessi pensando, ma non mi avrebbe accontentata finché non fossi stata io a chiederlo. «Sarò in soggiorno per qualche ora, nel caso tu abbia bisogno di me. Cerca di dormire un po'. Domani andiamo a correre».

Mi lasciò in piedi vicino al suo letto, a guardare a bocca aperta il punto in cui si trovava fino a qualche secondo prima.

Mi sta corteggiando. Mi sta realmente corteggiando.

Sentire che ne parlavano era un conto, ma vedere Elias farlo era tutta un'altra cosa.

Un alfa vuole che sia la sua compagna.

Com'era possibile?

No, la vera domanda era: volevo che mi corteggiasse?

Quello… quello non lo sapevo.

Ma mentre ci stavo riflettendo, udii la mia lupa sussurrare: *Sì. Sì, lui è mio.*

ELIΛS

Era strano bussare prima di entrare nella mia stanza, ma non volevo cogliere di sorpresa Daciana. Non ricevendo alcuna risposta, aprii la porta. Ciò che vidi sul mio letto mi fece bloccare sulla soglia.

Un nido.

Mi ci avvicinai in punta di piedi, studiandone la struttura e memorizzando la disposizione dei tessuti.

Stupendo, pensai con un sospiro adorante.

Era la prima volta che vedevo un nido. Le omega erano molto rare nel settore Andorra. A dirla tutta, erano rare in generale, ma era da cinquant'anni che nelle nostre terre non ne nasceva una. Altri settori erano più fortunati. Il nostro era pieno di alfa e beta, con solo una manciata di omega già reclamate.

Da qui la necessità di organizzare lo scambio con il settore Shadowlands.

Se le lupe Ash si fossero dimostrate adatte alla procreazione, tutti i nostri problemi sarebbero stati risolti. Beh, più o meno. C'erano ancora dei membri del branco convinti che bisognasse accoppiarsi soltanto con delle lupe X-Clan. Personalmente, però, mi sentivo sempre meno schizzinoso. Soprattutto guardando la splendida bionda che dormiva profondamente al centro del mio letto.

Aveva preso sul serio il mio invito a fare il nido, circondandosi di svariate lenzuola e avvolgendosi in un soffice asciugamano. O forse era quello che le avevo dato io dopo il bagno, quello che le era piaciuto così tanto.

E aveva usato la mia camicia come cuscino.

Sorrisi. Che se ne fosse resa conto o meno, si era immersa nel mio odore. Ne fui immensamente compiaciuto.

Le sue palpebre si sollevarono, rivelando due bellissimi occhi azzurri che si alzarono pigramente su di me. Non si spaventò, né rabbrividì. Si limitò a guardarmi, esattamente come io stavo guardando lei, attendendo entrambi che l'altro facesse una mossa.

Volevo portarla a correre e farle vedere la sua nuova casa. Ma trovarla così, dolce e assonnata, mi fece venire ben altre idee.

Come scivolare nel suo nido e tenerla stretta a me.

Baciarla appassionatamente.

Scoparla in quel piccolo rifugio e impregnarlo del mio odore, in modo che più tardi potesse trovarvi conforto.

Avevo quasi cento anni. Per gran parte della mia

vita, non avevo fatto altro che desiderare una compagna. Adesso che finalmente avevo una candidata adatta, volevo reclamarla prima che chiunque altro ne avesse l'opportunità. Nessuno avrebbe potuto biasimarmi, nemmeno Ander. Ma il passato di Daciana mi imponeva di procedere con cautela. Se l'avessi presa come voleva il mio lupo, mi avrebbe visto come gli alfa che avevano ucciso sua madre. Non potevo permettere che ciò accadesse.

«Hai fame?» le chiesi dolcemente. «Ho preparato la colazione».

Allungò le braccia sopra la testa, sospirando quando la sua pelle nuda incontrò la seta delle lenzuola. «Non ho dormito così bene in...». Si interruppe e arricciò il naso. «Beh, è passato decisamente molto tempo».

Sorrisi. «Preferisci restare nel tuo nido, invece di uscire per una corsa?». Se mi avesse detto di sì, l'avrei capita.

«No. Voglio vedere le montagne». Si mise a sedere e l'asciugamano le scivolò dal seno. Invece di rimetterlo a posto, si limitò a sospirare di nuovo. Era totalmente rilassata. «Hai preparato le uova».

«Sì».

Il suo bel nasino fremette. «E qualcosa di salato».

«Pancetta».

«Mmm». Mi premiò con un sorriso minuscolo, il primo da quando era arrivata. «Mi piacciono le uova».

«Anche a me». Mi accovacciai accanto al letto in modo che i nostri visi fossero allo stesso livello, invece di incombere su di lei. «Vuoi che te le porti qui, o preferisci unirti a me in sala da pranzo?».

Mi fissò intensamente per qualche lunghissimo istante. Proprio quando temetti che potesse ricadere di nuovo in uno dei suoi profondi silenzi, mormorò: «Mi stai corteggiando».

«Sì». Non c'era motivo di negare l'evidenza, tanto più che era dalla sera prima che avevo rivelato le mie carte. Non che fosse tutto parte di un piano, anzi. Ma quando Dušan si era offerto di riprenderla, avevo reagito d'istinto, rifiutando la possibilità di uno scambio. Volevo aiutarla a guarire, perché il mio lupo aveva già deciso che era mia. Non sapevo quando fosse successo né come, ma non era il caso di opporsi al destino.

Daciana piombò di nuovo in quel suo stato riflessivo, studiandomi con attenzione.

Poi annuì. «Okay». Un'unica parola che sembrò implicare molto di più. Accettazione, soprattutto, ma anche un pizzico di sollievo. E forse un po' di compiacimento.

Strisciò fuori dal suo nido, completamente nuda. Mi concessi per la prima volta di osservare il suo corpo.

Era un po' troppo magra per i miei gusti, ma quello si poteva risolvere con qualche pasto decente. Era almeno trenta centimetri più bassa del mio metro e novanta e aveva una corporatura snella, con un bel seno non troppo pieno e fianchi decisamente femminili. I suoi riccioli intimi erano biondi come i capelli, e le sue gambe muscolose mi dissero che amava correre.

Dopo averla ammirata per qualche istante, feci un passo verso di lei e catturai il suo sguardo. «Sei una splendida donna, Daciana» le dissi, posandole una mano sulla guancia.

Non rispose, ma tenne gli occhi incollati ai miei.

Non scorsi alcuna sfiducia nel suo sguardo, solo curiosità. Voleva vedere cos'avrei fatto.

Chinai lentamente il capo, non volendo spaventarla, e premetti le labbra sulle sue. L'idea era di darle un bacio veloce, un assaggio di ciò che sarebbe potuto accadere in futuro. Ma nel momento in cui le nostre bocche si toccarono, il mio controllo vacillò.

Affondai le dita tra i suoi capelli e la tirai verso di me. La mia lingua si insinuò tra le sue labbra, alla ricerca della sua. Le sfuggì un gridolino sorpreso e si aggrappò alle mie braccia per tenersi in equilibrio, poi si sciolse su di me con un dolcissimo sospiro.

Oh, quella donna ridefiniva il concetto stesso di perfezione.

Era il pezzo che non mi ero reso conto mancasse dal puzzle della mia vita. E adesso che si era attaccata a me, non potevo assolutamente lasciarla andare.

Premetti il palmo sulla parte bassa della sua schiena, mentre con l'altra mano, rimasta tra i suoi capelli, le inclinai la testa per rendere il nostro bacio ancora più profondo.

Un basso ringhio sbocciò dentro di me. Non era un suono destinato a intimidirla, ma un'espressione di puro bisogno.

La fece irrigidire, nonostante la sua eccitazione permeasse l'aria. Mi voleva. Il suo corpo stava rispondendo naturalmente alla mia chiamata. Eppure, la tensione che le risalì lungo la schiena mi fece esitare.

Costrinsi le mie labbra ad allontanarsi dalle sue e scrutai la sua espressione alla ricerca di qualche indizio.

A ricambiare il mio sguardo trovai un terrore abissale. Le sue pupille erano talmente dilatate da aver quasi fagocitato l'azzurro delle sue iridi. Aggrottai le sopracciglia, confuso.

Il suo desiderio tingeva l'atmosfera, il suo corpo aveva chiaramente accettato le mie avances.

Ma quello sguardo inorridito non mostrava né sottomissione né piacere.

Era sempre stato lì? Avevo frainteso i suoi segnali quando aveva ricambiato il mio bacio? O l'avevo spaventata col mio ringhio?

«Cos'è successo?» le chiesi dolcemente. «Cos'ho fatto per meritarmi quello sguardo?». Le liberai i capelli, lasciando scivolare delicatamente la mano lungo il suo collo. «Parlami, Daciana. Devo sapere cos'ho fatto, così non commetterò di nuovo lo stesso errore».

Le sue labbra si mossero senza emettere alcun suono, mentre un brivido violento si fece strada nelle sue membra. La presi tra le braccia e la sistemai di nuovo nel suo nido, nel tentativo di circondarla con la sicurezza di cui chiaramente aveva bisogno.

«Ti porto le uova qui» dissi, posandole un bacio sulla fronte. «Ma quando ti sarai calmata, mi aspetto una risposta».

Perché se non avesse parlato con me, non avrei potuto aiutarla.

La lasciai nel suo rifugio e mi avventurai in cucina, dove recuperai i piatti con la colazione ormai fredda. Li portai entrambi in camera. Daciana era seduta sul letto, con uno sguardo attento. Non sembrava più così in preda al panico. Appoggiai i piatti sul comodino e afferrai una sedia, che sistemai accanto al letto. Daciana osservò ogni mio movimento, ricordandomi ciò che un agnello avrebbe fatto con un lupo. Quando mi sedetti e le passai il cibo, lei lo accettò e sollevò la forchetta disposta tra le uova.

Mangiammo in silenzio, impegnati entrambi in quel gioco di sguardi che sembrava prediligere.

Analizzando.

Riflettendo.

Aspettando.

Ma sarebbe toccato a lei parlare per prima, non a me.

E doveva essersene resa conto, perché dopo aver

ingoiato l'ultimo boccone, si schiarì la voce e iniziò: «Quando la prendevano, ringhiavano. La costringevano a volerlo, nonostante urlasse e li implorasse di smettere».

«Santo cielo» boccheggiai. La colazione minacciò di risalirmi la gola. «Cazzo, Daciana». Non sapevo cosa dire.

Anzi, no.

Il modo in cui l'aveva descritto... «C'eri anche tu?» le chiesi, e un nuovo orrore si fece strada nella mia mente. «Hanno fatto male anche a te?».

Scosse rapidamente il capo, poi annuì, poi lo scosse di nuovo. «No. Voglio dire, sì. Ero... ero nei paraggi. Ma non mi hanno mai toccata».

«Perché no?» domandai, salvo poi rendermi conto di come suonasse. «Scusami, mi è uscita male. È solo che non capisco, tu sei un'omega». Perché mai avrebbero scelto una beta? Non sarebbe stato meglio, ovviamente. Ma non aveva alcun senso.

«Quegli alfa amano il dolore». Deglutì e chiuse gli occhi. «Le beta non riescono a sopportare quello... quello che reggo io».

«L'hanno obbligata a ricevere i loro nodi» capii. Ero disgustato. C'era un motivo se gli alfa preferivano le omega, e non si trattava soltanto della procreazione. I loro corpi erano letteralmente fatti per ricevere il nostro tipo di aggressività.

Ora sì che aveva senso.

«Ti tenevano lì come una specie di stimolante».

Sentire l'odore di un'omega avrebbe ingannato i loro corpi e li avrebbe fatti reagire.

Ero stato anch'io con delle beta, usandole per soddisfare i miei bisogni, ma mai così. E mi ero *sempre* assicurato che stessero bene.

«È un bene che Dušan abbia ammazzato quelle bestie» aggiunsi. La mia voce uscì simile a un ringhio. «O sarei già in viaggio verso il settore Shadowlands per presentare un vero alfa a quei bastardi». Perché *cazzo*. Un trattamento del genere era così profondamente sbagliato.

Anch'io avevo ucciso una femmina durante il sesso, in passato. Un'umana. Condividendola con Ander.

Era successo una volta sola e non era capitato mai più.

Perché nessuno dei due era riuscito a sopportarne le conseguenze.

Era per questo che avevo ordinato a Ceres di trasformare la nuova arrivata in una mutaforma. Avevo intenzione di sedurla insieme ad Ander, ma non volevo ripetere l'errore di farlo mentre era ancora umana. Certo, poi si era scoperto che era già in parte X-Clan. E un'omega. Quindi il mio piano era andato in fumo quasi immediatamente.

Ma il punto era che... «È sbagliato». Scossi la testa, cercando di scacciare le immagini che si rincorrevano nella mia mente. «Così fottutamente sbagliato. Un richiamo per l'accoppiamento è pensato per sedurre, non per stuprare».

«Se così fosse, allora perché fa bagnare una femmina anche se lei non vuole?» ribatté Daciana. Il suo sguardo irradiava un'intelligenza che non faceva che renderla ancora più affascinante.

Presi il suo piatto, lo appoggiai sopra il mio e li posai entrambi sul pavimento. Poi mi inginocchiai sul letto. Lei si stese e mi fissò in quel suo modo intenso e analitico. Sentii il suo battito accelerare.

«C'è un motivo se gli alfa sono in cima alla gerarchia. Siamo più forti e più veloci, siamo all'apice della catena alimentare. Accoppiarci, dominare e reclamare sono dei bisogni innati, fanno parte della nostra natura. Per questo ci sono stati dati dei doni che ci permettono di raggiungere i nostri obiettivi». Entrai nel suo nido, con molta cautela, e mi misi a cavalcioni su di lei, ingabbiandola tra le mie braccia. «Possiamo prendere ciò che vogliamo, quando vogliamo».

«Lo so» disse Daciana. Era completamente immobile sotto di me.

«Già» mormorai, inclinando la testa di lato. «Ma solo perché un alfa può fare qualcosa, non significa che debba. Il ringhio ha lo scopo di invogliare e, se usato in modo appropriato, può essere gratificante per entrambe le parti coinvolte». Mi chinai e le sfiorai la guancia col naso, per poi premere le labbra sul suo orecchio. «Potrei prenderti anche ora, proprio qui, nel tuo nido. Ti piacerebbe. Urleresti il mio nome. Verresti sul mio cazzo, col mio nodo talmente a fondo dentro di te che faticheresti a respirare».

Una nota di paura si mescolò al dolce profumo della sua eccitazione, tradendo la battaglia che imperversava in lei. Il suo corpo si scontrava con i ricordi che le infestavano la mente.

La sua lupa mi voleva.

Di quello non avevo alcun dubbio.

Ma la sua mente... beh, quella necessitava di una lunga opera di convincimento.

«Sappiamo entrambi quanto sarebbe facile costringerti ad accettarmi, piccola» sussurrai, mordicchiandole il lobo dell'orecchio. «Il tuo interesse è evidente dal tuo odore. Ma non ho ancora intenzione di scoparti, Daciana». Le baciai il collo, poi arretrai per guardarla negli occhi. «Vuoi sapere perché?».

Le accarezzai le labbra con le mie, senza mai distogliere lo sguardo dal suo. Non riusciva a parlare, travolta dalle sensazioni che avevo appena risvegliato dentro di lei.

Quello che stavo facendo le piaceva, ma una parte di lei voleva che la prendessi con la forza. Per darle una ragione di odiarmi.

Purtroppo per lei, però, non avrei mai fatto nulla del genere. A differenza degli alfa con cui aveva avuto a che fare in passato, ero in grado di mantenere un controllo assoluto sui miei impulsi. E non avrei mai sfruttato il sesso per fare del male a un altro lupo.

«Non lo farò perché è dovere di un alfa rispettare la propria femmina. E so che non sei pronta, nonostante il tuo corpo dica il contrario». Trascinai i denti sul suo labbro inferiore, ringhiando piano per sottolineare le mie parole. «Hai ragione sul fatto che i ringhi provocano certe reazioni, consensuali o meno. Ed è compito dell'alfa capire la differenza».

Fremette e si contorse sotto di me. I suoi occhi rotearono all'indietro, l'eccitazione le colò tra le cosce. Una reazione al mio ringhio e al mio tocco.

Le accarezzai la mascella con le labbra, tornando verso il suo orecchio. «Non fraintendermi, omega. Ti imporrò di godere, ma sarà sempre perché l'hai voluto anche tu. Non perché ho sfruttato il mio ringhio per farti bagnare». Chiusi le labbra sul suo collo, là dove il suo battito correva impazzito, e succhiai delicatamente. «E adesso andiamo a correre. Penso che farà bene a entrambi».

DACIANA

LE MIE GAMBE tremavano a ogni passo.

Non per via della neve che copriva i miei stivali nuovi, o per il modo in cui i jeans mi stringevano i polpacci. E nemmeno per la fatica di percorrere il sentiero che si snodava sul pendio della montagna.

No, tremavano a causa di Elias.

E delle sue parole.

Dei suoi denti sul mio collo.

Del suo dominio.

Del suo calore.

Oh, la sensazione delle sue labbra sulla pelle…

Chiusi gli occhi, richiamando alla mente tutto quello che era appena successo. Tutto quello che avevo provato. Quasi gemetti, quando il desiderio che mi si agitava nel ventre aumentò ancora di più.

Elias sapeva benissimo cosa stava succedendo. Era lo scopo di tutta quella dimostrazione di dominio in camera da letto. Aveva voluto farmi capire quanto sarebbe stato facile prendermi, che fossi d'accordo o meno. E aveva voluto anche darmi prova del suo autocontrollo.

Perché non c'erano dubbi che mi desiderasse. L'aveva confermato l'evidente rigonfiamento che gli tendeva i pantaloni, quando si trovava sopra di me. Ma non si era strusciato sul mio sesso nemmeno una volta.

Aveva anche dimostrato di saper leggere il mio linguaggio corporeo estremamente bene, perché non appena avevo reagito al suo ringhio, si era bloccato e mi aveva chiesto cosa fosse successo. E invece di obbligarmi a rispondere, mi aveva portato la colazione.

Quell'uomo era un enigma ambulante.

Non lo capivo.

Non si comportava come un alfa.

O forse… forse si comportava come avrebbe dovuto fare un *vero* alfa, in un modo diametralmente opposto a quelli che avevo conosciuto in passato.

Perché ogni maschio che incontrammo lungo la via mi osservò con curiosità, ma nulla di più. Nessuno cercò di toccarmi. Nessuno sminuì il mio essere un'omega. Nessuno usò dei termini volgari. Qualcuno mi salutò gentilmente, ma niente di più, lasciandoci procedere serenamente con la nostra esplorazione.

Elias mi mostrò la piazza principale.

Mi illustrò la disposizione delle strade, come fossero connesse l'una all'altra, il percorso da seguire per uscire dalla cupola e come fare a superare la sorveglianza. Arrivammo così sulle montagne, lontano dal vetro che proteggeva il suo settore.

«Avete delle misure di sicurezza per difendervi dagli Infetti?» chiesi.

«Non ne abbiamo bisogno. Non vengono qui».

«Perché?».

«Perché siamo immuni» spiegò Elias. «In più, non amano il nostro sapore né come reagiamo quando li incontriamo, quindi si tengono alla larga. È per questo che una colonia di umani si è stabilita nelle caverne, laggiù». Indicò un punto a ovest.

«Permettete agli umani di vivere vicino alla cupola?».

Si strinse nelle spalle. «È Ander a volerlo. Finché se ne stanno per conto loro, li lasciamo in pace. Anche se a volte sono utili per fare un po' di esercizio».

«Li scopate?».

Mi lanciò un'occhiata divertita. «Per essere una che ha tanta paura di accoppiarsi, non sembri pensare a nient'altro che al sesso, principessa».

Sbuffai. «Siete voi alfa che non pensate ad altro».

«Sono prima di tutto un uomo, dolcezza. È quello a guidare i miei impulsi». Si fermò per dare un'occhiata al paesaggio, poi aggiunse: «Comunque, no. Non usiamo gli umani per il sesso. Si rompono troppo facilmente».

«Giusto, preferite sfruttare le beta».

Un muscolo si contrasse nella sua mascella.

Dopo qualche istante, mi guardò. «Non ho mai dato il mio nodo a una beta. Però sì, ho scopato delle beta. Perché non abbiamo omega».

«A parte me». E l'altra femmina di cui continuavo a cogliere l'odore qui e là.

«A parte te». Sospirò e si massaggiò la nuca. «Al diavolo. Sì, ho fatto cose di cui mi pento. Ma ho ucciso soltanto una donna, un'umana, ed è per questo che non le scopo più. E per quanto riguarda le femmine con cui sono stato in passato, ne hai incontrate due lungo la strada. Sono stati rapporti consensuali e mi sono sempre preso cura di loro».

Ne ho incontrate due? Stavo per chiedere chi, ma Elias fece un minaccioso passo in avanti. Era chiaramente irritato.

«Spero davvero di aver soddisfatto la tua curiosità, principessa, perché non ho più intenzione di tornare sull'argomento». Catturò il mio mento e lo strinse per tenermi ferma, ma senza farmi male. «Mi piace il sesso violento. E sì, adoro combinare dolore e piacere. Sono un alfa. Esigo sottomissione. Ma non uccido le femmine per sport». Serrò la mascella di colpo, facendomi aggrottare la fronte.

«Cos'altro?» domandai, cogliendo la sfumatura di indecisione che gli aveva tinto lo sguardo. «Cos'altro vuoi dirmi?».

Mi rispose con un ringhio. Ma non fu nulla di sessuale, anzi. Fu un avvertimento. Dovevo averlo messo a disagio.

«Di recente, ho ordinato a Ceres di trasformare

un'umana in lupo per poterla scopare. C'era qualcosa, in lei, che aveva stimolato i miei istinti da alfa. Poi abbiamo scoperto che, geneticamente, era già in parte omega. Ora è un'omega X-Clan». Mi lasciò andare. «Ander vuole reclamarla».

Ah, era il *suo* odore che continuavo a sentire.

Interessante.

Elias attese. Quando non dissi nulla, la sua espressione si indurì. Se si aspettava che la sua confessione mi creasse qualche problema, si sbagliava. Ero cresciuta attorno a degli alfa che facevano molto di peggio, sia agli umani che ai lupi.

Ciò che realmente mi irritava era che avesse desiderato quella femmina al punto da trasformarla.

Indicava una connessione. Una connessione che aveva intenzione di esplorare.

«Cosa sarebbe successo se Ander non l'avesse reclamata?».

«Non l'ha ancora fatto» mi corresse. «Ma è irrilevante. È già incinta di suo figlio».

«E se non l'avesse messa incinta?» insistetti.

«Mi stai chiedendo se l'avrei corteggiata?» mi domandò, inarcando un sopracciglio.

Alzai il mento, inarcando un sopracciglio a mia volta. «L'avresti corteggiata?».

«Non ho mai avuto la possibilità di vedere se ci fosse una connessione, quindi non lo so». Si avvicinò e riuscii a sentire il calore che emanava anche attraverso i vestiti. «Ma non mi attrae nel modo in cui mi attrai tu, se è questo che vuoi sapere».

«Non sono sicura di cosa voglio sapere» ammisi, alzando lo sguardo su di lui. I suoi occhi scuri erano incredibilmente ipnotici, pozze di forza in cui desideravo smarrirmi. Una sensazione che mi entusiasmava e mi spaventava al tempo stesso. «Non credo di aver mai conosciuto nessuno come te, Elias».

Le sue labbra si incurvarono appena nell'ombra di un sorriso. «È del tutto reciproco, principessa». Piegò la testa di lato. «Pronta per andare a correre?».

Osservai il paesaggio, valutando l'infinita distesa di neve e alberi tutto intorno a noi. «Sei sicuro che non ci siano Infetti?». A differenza di quelli della sua specie, i lupi Ash non erano immuni alle creature simili a degli zombie. Dovevo essere prudente.

«Sicurissimo» rispose. «Non ti metterei mai in pericolo, Daciana».

Riportai la mia attenzione su di lui, cogliendo la sincerità nel suo sguardo. «Okay». Non vedevo l'ora di liberare il mio animale interiore, sperimentare il nuovo terreno sotto le zampe e rotolarmi nei cumuli di neve. Era tutto così bello e così diverso da ciò a cui ero abituata nel mio settore.

Per non parlare degli odori.

Mmm.

Sì.

Mi sfilai il maglione, gli stivali e i jeans; me li aveva dati Elias, affermando che fossero regali da parte della dottoressa Riley. Piegai i vestiti con cura, poi mi voltai e trovai Elias altrettanto nudo.

Oh.

Vedere un uomo nudo non era una novità. Era normale che i nostri simili girassero senza vestiti.

D'altro canto, vedere *quell'*uomo senza niente addosso... beh, non era la stessa cosa.

Perché... ehm... wow. Le parole "splendido esemplare" furono le prime ad affacciarsi alla mia mente. Il suo corpo era un susseguirsi di muscoli scolpiti; abbastanza normale, per un mutaforma, ma su di lui sembrava tutto molto più intenso. Più mascolino. Più attraente.

Mi avvicinai. Le mie dita fremevano dalla voglia di toccarlo. Seguii le increspature dei suoi addominali e determinai che sì, erano sodi quanto sembravano.

Maschio virile, si rallegrò la mia lupa. *Mio.*

Premetti il naso sul suo petto e inspirai profondamente quello che ormai era un odore familiare. Il suo odore. Un miscuglio di bosco e spezie che mi aveva cullata nel sonno migliore della mia vita.

Lui si chinò per annusarmi i capelli. Le sue labbra mi sfiorarono la testa.

Gli avvolsi le braccia attorno alla vita, tirandolo verso di me, abbandonandomi alla sua virilità e alla sua forza. Il bisogno di arrampicarmi su di lui, di incollare le labbra sulle sue, mi colpì dritto al ventre, strappandomi un piccolo gemito.

Il suo petto rimbombò in risposta.

Non con un ringhio, ma con quel rilassante brusio, simile a delle fusa, con cui mi aveva confortata nel laboratorio. Strofinai la guancia sui suoi pettorali, appena sopra il suo cuore, desiderando di sentirlo ancora. E lui mi regalò un'altra dolce vibrazione.

Mi abbandonai al suo calore e ne fui completamente avvolta, nonostante il terreno freddo sotto i piedi.

Elias mi abbracciò e mi tenne stretta a sé.

«Grazie» sussurrai. «Grazie, Elias».

Non rispose, probabilmente non sapeva cosa dire. Un piccolo sorriso mi danzò sulle labbra all'idea di aver lasciato l'alfa senza parole. Fui molto compiaciuta anche della sua reazione alla mia vicinanza. Il suo sesso eretto premeva sul mio ventre.

Caldo.

Duro.

Alfa.

Un inferno divampò dentro di me, riversandone le conseguenze tra le mie cosce. Ma non volevo cedere al desiderio. Prima volevo andare a correre. E soprattutto volevo conoscere il suo lupo.

«Mostrami la tua pelliccia» mormorai, sciogliendomi dal suo abbraccio. «Non ho mai incontrato un lupo X-Clan».

«Nemmeno io ho mai incontrato un'Ash, almeno non in forma di lupo». Fece un passo indietro e mi lanciò un'occhiata complice. «Ti mostro il mio se mi mostri la tua».

«Affare fatto». Accarezzai la mia lupa, richiamandola in superficie. Lei rispose immediatamente, strappandomi un sorriso.

Trasformarsi era sempre piacevolmente doloroso, come se stessi rinascendo nella mia vera essenza. Preferivo la mia forma di lupo, spesso restavo a quattro zampe per giorni. Mia madre mi dava della solitaria. Gli altri abitanti del villaggio mi prendevano in giro per la mia taglia, di gran lunga inferiore a quella degli altri. D'altro canto, però, ero l'unica omega. Loro erano tutti alfa e beta.

La mia lupa sarà pure stata minuta, ma ciò mi aiutava a correre più velocemente della maggior parte dei miei simili. Inoltre, ero in grado di infilarmi in anfratti in cui gli altri non avrebbero mai potuto raggiungermi, permettendomi così di nascondermi qualora ne avessi avuto bisogno.

Il che succedeva più spesso di quanto volessi ammettere. Ma trovavo sempre rifugio nella mia metà animale. Mi piaceva rintanarmi da qualche parte e restare in agguato.

La pazienza era uno dei miei punti di forza, nonché il mio modo di sopravvivere in un mondo dominato dalla follia.

Molti sceglievano di usare le zanne o i pugni. Io avevo preferito la mente. Osservavo. Analizzavo. Aspettavo il momento giusto per reagire. E non avrei voluto fare altrimenti.

Aprii gli occhi con un sospiro e diedi una scrollata al mio manto color cenere. Era attraversato da striature marroni e macchie biancastre che mi permettevano di mimetizzarmi facilmente nella boscaglia.

Anche se, con tutta quella neve, non mi sarebbe stato utile, anzi. Ma in estate sarebbe stata tutta un'altra cosa, e avrei potuto nascondermi come facevo a casa.

Un piccolo morso alla zampa posteriore mi fece voltare di scatto. Mi ritrovai davanti un enorme lupo nero con gli occhi d'ebano.

Santo cielo.

Elias era enorme.

E incredibilmente bello.

Camminammo l'uno attorno all'altra, annusandoci a vicenda, sfiorandoci col muso e presentandoci di nuovo. Il suo odore era rimasto lo stesso, ma la sua pelliccia era la cosa più morbida che avessi mai toccato. Al confronto, il mio mantello doveva sembrargli una massa di pelo arruffato.

Durante il terzo giro, la sua testa toccò la mia. Un gesto affettuoso, che mi spinse a ricambiare. E allora mi donò un'altra dose di quel meraviglioso brusio. Reagii appoggiandomi a lui, alla ricerca della sua forza.

I nostri lupi sembravano fatti apposta l'uno per l'altra. Il suo corpo giganteggiava sul mio nel miglior modo possibile.

Gli saltellai attorno, elettrizzata, curiosa di

vedere quanto fosse veloce.

Le sue orecchie si drizzarono, percependo la mia sfida. Il suo sguardo ardente mi invitò a iniziare.

Sapevo cosa sarebbe successo se fosse riuscito a prendermi.

L'alfa in lui mi avrebbe costretta a sottomettermi.

E non appena fossimo tornati in forma umana, mi avrebbe scopata.

Era per questo che mi stava lasciando decidere se dare il via alla caccia o meno, per assicurarsi che capissi quale fosse la posta in gioco.

Non ero vergine, ma non avevo nemmeno molta esperienza.

Durante il mio primo calore, ero stata con un beta. Non aveva fatto nulla per me. Il suo seme non era neanche stato abbastanza potente da mettermi incinta.

Dopo quell'esperienza, avevo trascorso tutti i miei cicli estrali da sola, nella foresta, dove nessuno avrebbe potuto trovarmi. Ogni volta era stata una sofferenza immane; il mio intenso bisogno di riprodurmi era sempre rimasto insoddisfatto. Ma sempre meglio che accoppiarmi con un maschio indegno.

Di certo Elias non lo era.

E qualcosa mi diceva che non avrei potuto passare il prossimo calore nascosta nei boschi del settore Andorra.

Dovevo scegliere.

Era quello l'intero obiettivo della mia presenza lì: sedurre un alfa. Accoppiarmi. Dimostrare se per una lupa Ash e un lupo X-Clan fosse possibile procreare.

Elias aveva deciso di corteggiarmi.

Accettare o meno spettava a me.

Dopo solo due giorni in sua compagnia, sapevo già tutto quello che avevo bisogno di sapere su di lui. La maggior parte dei lupi impiegava molto meno tempo per decidere. E, a essere sincera, avevo capito fin dal primo momento che era un candidato perfetto.

Un alfa forte e potente. La mia lupa sarebbe stata fortunata ad averlo come compagno.

Ma dopo averlo conosciuto, lo desideravo anche per una lunga serie di ragioni.

La sua preoccupazione per il mio benessere.

La sua indole protettiva.

Il modo in cui attendeva con pazienza che facessi la mia mossa.

Come mi concedeva di stare da sola, in pace, a riflettere.

Il nido che mi aveva donato.

Aveva più che dimostrato di essere un lupo degno. Era giunto il momento di danzare, di testare la nostra relazione nel più antico dei modi.

Prendimi se ci riesci, alfa, gli dissi con lo sguardo, poi mi lanciai lungo il sentiero con uno sprint micidiale.

ELIAS

Daciana era meravigliosa. Non avevo mai visto una pelliccia di quel colore. Avrei potuto guardarla per ore, senza annoiarmi mai. Ma l'omega aveva in mente qualcosa di ben diverso. Sfrecciò lungo il fianco della montagna con una velocità che risvegliò il predatore dentro di me.

La seguii con un sorriso ferino, adorando il modo in cui le sue zampe sfioravano delicatamente il terreno. La sua corsa era talmente rapida ed efficiente, da non lasciare praticamente nessuna impronta sulla neve.

Qualsiasi debolezza l'avesse colpita dopo gli esami in laboratorio era sparita, grazie a una bella dormita e a una colazione salutare. Era uno dei tanti vantaggi di essere un mutaforma, ma non avrei comunque lasciato che Ceres le si avvicinasse di nuovo. I lividi erano spariti, e mi sarei assicurato che più nessuno la toccasse o le facesse del male.

Gli unici segni che volevo vederle sulla pelle erano quelli lasciati nel vortice della passione. Segni che le sarebbe piaciuto ricevere.

Niente più laboratori.

Niente più esperimenti.

Avremmo testato la nostra compatibilità alla vecchia maniera.

Daciana scartò a sinistra, infilandosi tra gli alberi. Feci lo stesso, saltando oltre tronchi caduti e cumuli di neve, inseguendo la mia futura compagna nella sua esplorazione di un terreno tutto nuovo. Rimasi comunque allerta, sorvegliando ogni suo movimento, assicurandomi che non ci fosse nessuna minaccia in agguato. Per quanto fosse difficile che un Infetto riuscisse ad arrivare nel cuore del nostro territorio, ogni tanto era successo. Anche se l'ultima volta era stato più di un anno prima.

Non c'era nulla di particolarmente allettante per loro, se non una piccola caverna abitata da qualche decina di umani. Che, tra l'altro, erano in grado di proteggersi piuttosto bene, uccidendo qualsiasi Infetto prima ancora che potesse raggiungere le pareti della cupola.

Ma ciò non mi impedì di essere estremamente prudente, soprattutto sapendo che Daciana non era immune ai morsi degli zombie.

Il nostro bambino lo sarebbe stato?, mi domandai, inseguendola lungo un pendio che conduceva a una delle tante nicchie nascoste nella montagna. Che lo stesse facendo apposta o meno, stava percorrendo uno dei miei sentieri abituali.

Daciana superò con un balzo un enorme cumulo di neve, poi si lanciò in un altro sprint, mettendo in mostra la sua agilità e la sua forza. Era quasi come se volesse dimostrarmi di essere una degna compagna, lasciandomi intravedere ciò che aveva da offrire.

Il mio lupo rispose allo stesso modo, tenendo il passo mentre lei continuava a esplorare, fornendole al contempo la protezione di cui aveva bisogno per sentirsi al sicuro.

Dopo un po', il suo comportamento iniziò a mutare da curioso e giocoso a qualcosa di diverso. Mi lanciò un'occhiata, si accorse di quanto fossi vicino, e sfrecciò via di nuovo.

La seguii.

Lei corse più velocemente.

Così accelerai anch'io.

Finché non ci ritrovammo entrambi a correre a perdifiato attorno alla montagna. Le sue zampe praticamente volavano sulla neve.

Il mio naso fremette, percependo un sentore di eccitazione emanato dalla splendida lupa color cenere. Un aroma sottile, che stimolò il mio interesse.

Oh.

Voleva che la prendessi.

Era un test per l'accoppiamento.

Un modo per verificare se il mio lupo fosse in grado di battere in astuzia la sua e dominarla.

Sfida accettata, pensai. Non che potesse sentirmi, ma l'avrebbe capito ben presto.

Mi guardai attorno, capendo immediatamente

dove fossimo, e scelsi il punto perfetto per catturarla. Dovevo solo riuscire a spingerla nella direzione giusta.

Le diedi un morso sul tallone, guadagnandomi un guaito acuto. Ma si diresse proprio dove la volevo. Quando iniziò a deviare di nuovo, la morsi ancora una volta, strappandole un ringhio. Se fossi stato in forma umana, avrei sorriso. La mia futura compagna lasciava trasparire le sue intenzioni con dei segnali piuttosto evidenti. E fu così che riuscii ad anticipare la sua reazione all'ennesimo morso.

Si girò ringhiando, e io la placcai, mandandola a terra su un cumulo di neve. Rotolammo insieme, finendo in un piccolo anfratto sul fianco della montagna. La bloccai sulla schiena, con le mie fauci sulla sua gola.

Mia.

Mi sistemai sopra di lei, in attesa della sua prossima mossa, aspettandomi che cercasse di divincolarsi o di lottare.

Ma non fece nessuna delle due cose, cominciando invece a tornare in forma umana.

Le lasciai andare immediatamente il collo, per evitare di farle accidentalmente del male, e mi trasformai anch'io. I miei artigli e le mie zanne non si sposavano bene con la sua pelle delicata.

Tornai in forma umana più rapidamente di lei, a dimostrazione della mia superiorità, ma non di molto.

Trascinai il naso sul suo viso, inspirando

profondamente il suo profumo. In quel luogo eravamo protetti dalle intemperie e da qualsiasi altra distrazione. Con grande gioia del mio lato animale, la piccola grotta sapeva di terra e di casa.

«Sei riuscito a prendermi» ansimò. Il cuore le galoppava nel petto. Riuscivo a sentirlo, e percepivo i suoi battiti come fossero stati i miei.

«Già».

«Questo ti rende un degno compagno, Elias del settore Andorra».

Le sorrisi. «Oh, grazie, Daciana del settore Shadowlands».

Non condivise la mia ilarità, limitandomi a osservarmi col suo sguardo indagatore. Era così diversa da tutte le altre femmine che avevo conosciuto. I suoi occhi raramente rivelavano qualcosa. Ma il suo interesse era palese. Potevo sentirne il calore che sbocciava tra di noi, il desiderio che le colava tra le cosce.

«Nessuno c'era mai riuscito» ammise in un sussurro.

«Scappi spesso?» domandai, scrutandola con attenzione.

«Sempre». Avvolse le gambe attorno ai miei fianchi, posizionando il suo sesso umido contro la mia crescente erezione. «Mi nascondo all'arrivo di ogni ciclo. Da sola. Mai reclamata da un alfa».

Deglutii a fatica. Il suo corpo snello irradiava un bisogno intrinseco. Correre in forma di lupo mi eccitava sempre, lasciandomi ubriaco di vita e pronto a scopare.

A quanto sembrava, aveva lo stesso effetto anche su di lei.

Soprattutto da quando ero riuscito a prenderla.

Ebbi l'impressione che ne fosse inebriata, che stesse affogando nel suo febbrile bisogno di essere reclamata dal maschio che era riuscito ad avere la meglio su di lei.

«Nessuno ti ha mai dato il suo nodo».

Scosse la testa. «No. La mia unica esperienza col sesso è stata durante il primo calore, molte lune fa. Un amico beta. L'ho odiato».

Le accarezzai la guancia e mi sistemai sugli avambracci, posizionati ai lati della sua testa. «Non è riuscito a soddisfarti».

Scosse di nuovo la testa. «È stato orribile».

«E temevi che gli alfa che conoscevi ti avrebbero fatto del male» aggiunsi, ipotizzandolo sulla base della storia che mi aveva raccontato. «Così hai iniziato a nasconderti».

«Esatto. Mia madre mi obbligava a scappare durante l'estro perché sapeva cosa mi avrebbero fatto, se fossi andata in calore vicino a loro. E ogni volta fuggivo e mi nascondevo come una codarda».

«Non come una codarda» dissi, assicurandomi che percepisse la sincerità nelle mie parole. «Hai battuto gli alfa in astuzia. Ciò ti rende coraggiosa e intelligente».

«Era mia madre a distrarli» ammise piano. «La

maggior parte delle volte esigevano che restassi nei paraggi, ma lei riusciva sempre a trovare un modo di aiutarmi a fuggire durante la luna piena».

Cazzo. Non volevo neanche immaginare cosa in cosa consistessero quelle "distrazioni". «Ti hanno mai dato la caccia?».

«Se anche l'hanno fatto, non sono mai riusciti a prendermi» sussurrò, alzando lo sguardo e osservandomi attraverso le sue folte ciglia bionde.

«Finché non sono arrivato io».

«Già» confermò, inarcandosi verso di me. «Il mio ciclo inizierà presto. Durante la prossima luna piena».

«Lo so». Era un'altra delle differenze che distinguevano le nostre specie. Le omega X-Clan andavano in estro con un ritmo molto personale, mentre le Ash ci andavano ogni mese. E durava parecchi giorni.

Senza un alfa che potesse soddisfare i suoi bisogni, era un'esperienza estremamente dolorosa. Doveva essere stato orribile, per lei, trascorrere ogni ciclo nei boschi, nascosta, tentando in tutti i modi di evitare il suo branco.

Non c'era da stupirsi che fosse riuscita a sopportare le angherie di Ceres senza troppi problemi.

Il suo passato l'aveva resa coraggiosa, le sue scelte obbligate l'avevano indurita.

Un'omega insolitamente forte.

La compagna perfetta per me.

«Mi aiuterai ad affrontarlo?» mi chiese dolcemente. «O è meglio se vado ancora una volta a nascondermi?».

«Puoi provarci» risposi, avvicinando le labbra al suo orecchio. «Ma ti inseguirò di nuovo. Ti troverò. E ti scoperò finché non mi implorerai di smetterla».

Rabbrividì, ricoprendo il mio cazzo con un nuovo fiotto di desiderio.

Mmm, l'idea sembrava piacerle.

Il pulsare del mio nodo indicò che valeva lo stesso per me.

«Non so se riuscirei mai a dirti di smetterla» mormorò, aggrappandosi alle mie spalle. «Ma non ringhiare. Per favore».

Le accarezzai il collo con la lingua, indugiando sul punto in cui il suo battito rapido e costante rieccheggiava sotto la pelle. L'avrei reclamata mordendola proprio lì. E il suo leggero fremito confermò che lo sapeva anche lei.

«Niente ringhi» ripetei. «Altre richieste, Daciana?».

«Niente condivisione». Lo disse con un tono talmente flebile che quasi mi sfuggì.

«Mai» risposi, trascinando i denti sulla sua gola. Poi alzai il viso e la guardai negli occhi. «Non ti condividerei mai».

Nei suoi occhi pallidi lampeggiò un'emozione che si affrettò a nascondere dietro una maschera coraggiosa. «Non farmi del male».

Inclinai la testa di lato, riflettendo. «Niente dolore senza piacere» rilanciai.

Aggrottò la fronte. «Il dolore non porta mai alcun piacere».

«Al contrario, dolcezza. A volte, il miglior piacere è avvolto nel dolore». Glielo dimostrai catturando le sue labbra tra i denti, abbastanza forte da strapparle una smorfia. Poi le leccai la ferita e la baciai appassionatamente.

Un gemito sfuggì dalla sua bocca, rifugiandosi nella mia. Mi conficcò le unghie nelle braccia, muovendo il bacino in un seducente invito.

«Discuteremo di dolore e piacere man mano, trovando un equilibrio che vada bene a entrambi» le sussurrai sulle labbra, per poi incontrare di nuovo il suo sguardo. «Altro?».

Scosse lentamente la testa. «No. Non c'è altro».

«Se ciò dovesse cambiare, dovrai dirmelo» mormorai. E ne ero convinto. «Le cose funzioneranno solo se comunichiamo».

Un invito che non avevo mai rivolto a nessun'altra donna, principalmente perché non mi era mai importato di loro. Ma con Daciana era tutto diverso. Volevo un futuro con lei, mentre le altre erano state solo un passatempo, un modo per soddisfare le mie pulsioni animalesche. Ed era stato lo stesso anche per loro.

Ciò che stavo condividendo con Daciana, invece, era molto più profondo del mero accoppiamento.

Era un assaggio del nostro futuro insieme.

Una relazione destinata a durare al di là del tempo.

Un legame indissolubile tra un alfa e la sua omega.

Daciana deglutì e premette i talloni nel mio sedere. Le sue pupille si dilatarono. «Accetto questi termini». Spinse il bacino verso il mio, emettendo un suono impaziente che mi colpì dritto all'inguine. «Scopami, alfa. Adesso».

Le morsi di nuovo il labbro inferiore, ma in segno di rimprovero. «Qui l'unico a dare ordini sono io».

«Allora fallo».

«Oh, piccola omega» dissi, sistemandomi tra le sue gambe. «Tieniti forte, perché sto per farti sperimentare un livello completamente nuovo di piacere e dolore».

DACIANA

QUANDO ENTRÒ DENTRO DI ME, gridai. Il mio corpo non era abituato ad accogliere un uomo dotato di tali dimensioni. Gli conficcai le unghie nella pelle, e i muscoli delle mie gambe si irrigidirono attorno ai suoi fianchi.

Perché diavolo gli ho chiesto una cosa del genere?, mi domandai. Mi sentivo stordita. Sapevo che mi avrebbe fatto male. Sapevo che si sarebbe abbandonato alla lussuria. Sapevo… che… *oh*… Adorai il modo in cui mi baciò. Come se gli importasse davvero. Mi cullò il viso tra le mani, e la sua bocca si mosse dolcemente sulla mia. Coinvolse la mia lingua in una danza sensuale, che mi distrasse dal dolore.

Non ero nemmeno sicura di quando fossero cessate le urla e fosse iniziato il nostro bacio.

Ma ora volevo che non smettesse più.

Sapeva di spezie e di maschio, sentivo le sue labbra carnose giocare con le mie. Così sensuali. Deliziose. Degne di sospiri.

Mi sciolsi sotto di lui, i miei muscoli si rilassarono.

E lui iniziò a muoversi.

Fu solo allora che mi resi conto che non l'aveva ancora fatto. Era semplicemente entrato dentro di me, restando immobile. Aveva lasciato che mi adattassi alla sua erezione, senza alcuna spinta dolorosa.

Cominciò a scivolare dentro e fuori con un ritmo lento, quasi ipnotico. Ogni spinta in avanti sembrava farlo andare sempre più in profondità, strappandomi un'espressione sorpresa.

La prima volta non è entrato fino in fondo, mi resi conto col cuore che batteva a mille.

Ciò significava che non era rimasto accecato dalla smania di prendermi.

Aveva il completo controllo delle sue azioni.

Rimasi meravigliata da quella scoperta, mentre un fuoco divampò nel mio ventre. Un fuoco che diventava sempre più rovente a ogni movimento.

«Ooh» gemetti nella sua bocca, inarcandomi verso di lui. Ebbi l'impressione che una scarica elettrica mi corresse lungo la spina dorsale. «Ancora». Lasciai cadere la testa all'indietro, mentre la parte inferiore del mio corpo si contorceva per il bisogno di averne di più.

«Sei proprio una piccola prepotente, eh?» mi prese in giro, penetrandomi con una violenza tale da farmi sbattere i denti.

Avrebbe dovuto farmi male.

Ma non fu così.

Perché non riuscivo a sentire nient'altro che il desiderio ardente che mi attanagliava.

Il suo calore.

La sua forza.

La sua bocca.

Affondai le dita tra i suoi capelli e lo strattonai verso di me, baciandolo senza timore di essere punita o rifiutata. Presi ciò che volevo, come lo volevo, e lo splendido uomo sopra di me me lo concesse.

Premetti i talloni sul suo sedere, implorandolo di prendermi con più forza.

Lo fece.

Le mie unghie si conficcarono nel suo cuoio capelluto, esigendo che la sua lingua mi scopasse la bocca come il suo cazzo stava facendo più in basso.

Mi accontentò.

Mi diede tutto ciò che gli chiesi. Il suo ritmo accelerò assecondando i miei gemiti. Ruotò il bacino per strusciarsi sul punto in cui lo desideravo di più. E mi afferrò i fianchi, inclinandomi in modo che ogni spinta mi incendiasse il sangue.

Era pura perfezione.

L'accoppiamento più straordinario della mia vita.

Aveva superato ogni mia aspettativa.

Perché mi stava lasciando condurre, nonostante fossi sotto di lui. Lo sentivo nel modo in cui leggeva il mio corpo, reagendo ai miei desideri e ai miei bisogni con i suoi gesti esperti.

Non avevo idea di cosa stessi facendo. Doveva saperlo anche lui. Eppure seguì le mie indicazioni, insegnandomi perfino qualche nuovo movimento.

Come il modo migliore per riceverlo più in profondità, con una leggera inclinazione del bacino.

Come baciarsi senza bisogno di molto ossigeno.

Come far impazzire l'altro con qualche piccola carezza.

«Ti prego» lo implorai, bisognosa di qualcosa che non riuscivo a descrivere a parole. Ogni volta che mi sfiorava il clitoride, volevo gridare. Non era abbastanza. Nemmeno le sue spinte selvagge riuscivano a gettarmi oltre il limite.

Forse dovevo essere in calore per poter venire.

Non avevo mai provato al di fuori dell'estro.

Il pensiero mi fece scivolare una lacrima lungo la guancia. Mi sentivo sul punto di esplodere. Era un po' come quello che mi capitava durante il ciclo, quando ero sola, senza alcun sollievo.

Bruciava.

Doleva.

Mi spinse a graffiargli furiosamente la schiena.

Lui mi morse la mascella in segno di rimprovero. «Pazienza».

Fui sul punto di rispondergli con un ringhio. Un'agonia indescrivibile mi squarciò le viscere. I miei occhi si riempirono di lacrime, e mi ritrovai a urlare il suo nome.

«Ti porterò lì» disse, accarezzandomi il viso col suo. «E voleremo insieme».

Non volevo volare. Volevo esplodere. Volevo liberarmi di quel tormento, rilasciare l'inferno che si stava formando dentro di me e raggomitolarmi in un silenzio soddisfatto.

Ma non sarei mai riuscita a venire.

Lo sapevo per esperienza, l'avevo già vissuto innumerevoli volte, nei miei tanti nascondigli. Solo che ora avevo un maschio che avrebbe potuto darmi il conforto di cui avevo bisogno... ma non lo stava facendo, e io non ne capivo il motivo!

La mia bocca si serrò sul suo collo, i miei denti gli lacerarono la carne.

Il suo petto tuonò in risposta, raggelandomi.

Ma non si era trattato di un ringhio.

Non esattamente.

Sembrava più un verso in cui la rabbia si mescolava al piacere.

Un gemito.

«Ti infilerò dentro il mio nodo così a fondo, che mi supplicherai di lasciarti andare. Ma non lo farò» disse con un tono basso e sensuale. «Oh, Daciana. Mi stai stringendo così forte. Sei perfetta». Seguì una spinta talmente brutale da farci urlare entrambi.

L'eccitazione stava avendo la meglio su di lui.

Costringendolo a essere violento.

Solo che... mi piaceva.

Ogni spinta era sì dolorosa, ma alimentava

anche la pressione che stava crescendo nel mio ventre, incendiandomi dall'interno.

Mi aggrappai a lui con tutte le mie forze, prendendo ciò che mi dava ed esigendo di più.

Caldo.

Duro.

Mmm.

Dopo averlo morso, il suo sangue mi riempì la bocca. Mi leccai le labbra, bramando un altro assaggio, ma non potevo muovermi. Il suo potere era troppo schiacciante. Lo accolsi. Adorai ogni singolo incontro dei nostri bacini.

Lo sentii crescere.

Percepii il suo nodo pulsare alla base.

Mi serrai attorno a lui, massaggiando la parte che desideravo sentire, esortandolo a concedermela.

«*Cazzo*». Il suo gemito si infranse sul mio orecchio, le sue labbra mi accarezzarono il collo.

Eccoci. Ora…

Il suo nodo schizzò verso l'alto, agganciandosi in profondità dentro di me. I miei pensieri si frantumarono in un milione di pezzi, e precipitai nell'oblio.

«Elias!» urlai. Il mio corpo fu scosso dagli spasmi, travolto da un'ondata dopo l'altra di un piacere totalizzante.

Lui gridò in risposta, e il mio nome scivolò dalle sue labbra con l'intensità di una preghiera.

«Oh, oh, oh» continuai a ripetere. La mia realtà

era stata sostituita da qualcosa di così stupendo da sottrarmi l'abilità di pensare.

L'estasi aveva catturato il mio spirito, e non accennava a lasciarmi andare.

Mi stava risucchiando, oscurandomi la vista.

Sì, sì.

Questo.

Non avevo mai saputo che potesse essere così!

Elias si mosse.

Il mondo cambiò posizione.

Lo lasciai fare, troppo persa nella mia beatitudine per riuscire a concentrarmi su cosa stesse succedendo. Mi tenne al caldo. Al sicuro. Con le sue braccia avvolte attorno alla mia schiena.

Una parte di me ne fu stupita, visto che, fino a qualche momento prima, il mio dorso era posato sul terreno. Mi sforzai di aprire gli occhi e mi ritrovai a cavalcioni di Elias, col capo posato sul suo petto e il suo sesso che continuava a pulsare dentro di me.

«Neanch'io sapevo che potesse essere così» sussurrò. «Voglio dire, lo *sapevo*, ma provarlo di persona è tutta un'altra cosa».

Aggrottai la fronte. «L'ho detto ad alta voce?».

Wow, quella era la mia voce? Era così roca, sembrava che avessi urlato per ore.

Elias ridacchiò e mi accarezzò i capelli. «Sì, piccola. Ma continua, ti prego. È un toccasana per il mio ego».

Sollevai appena la testa, posando il mento sul suo petto. «In qualche modo ne dubito».

La mia risposta fu accolta da un profondo brontolio. Mi rilassai immediatamente, ritrovandomi come una bambola di pezza sul suo corpo nudo. «Adoro quel suono» ammisi.

«Lo so» mormorò dolcemente. «Mi piace come ti tranquillizza». La sua mano scivolò lungo la mia schiena e la accarezzò, mentre gli spasmi scuotevano ancora i nostri corpi. «Ti ho fatto male?».

«No» risposi immediatamente, senza neanche pensarci. E se anche mi avesse fatto male, il piacere che mi aveva regalato l'avrebbe compensato. E non avrebbe cambiato di una virgola l'intera esperienza. Beh, a parte un piccolo dettaglio. «Non mi hai morsa».

Ero pronta. Me lo aspettavo. Eppure non era successo.

«Mmm… volevo farlo» ammise. Il suo palmo si fermò al centro della mia schiena. L'altra mano si spostò sulla mia nuca. Poi Elias piegò le ginocchia, spingendomi più in alto, in modo che le nostre bocche si sfiorassero. «Quando andrai in calore, tra due giorni, ti reclamerò. Sotto ogni punto di vista. Questo era solo il mio provino».

«Provino?» ripetei.

Sorrise. «Sì. Ti sto corteggiando, ricordi?». Pronunciò quelle parole sulla mia bocca, facendomi rabbrividire.

«Mi piace il tuo approccio» risposi. E glielo

dimostrai stringendomi attorno al suo sesso. «Sentiti libero di corteggiarmi tutta la notte».

Mi fece di nuovo rotolare sulla schiena. Una mano rimase sulla mia nuca, mentre l'altra mi afferrò il seno. «Mi stai invitando a giocare nel tuo nido, Daciana?».

«Ti sto invitando a fare tutto ciò che vuoi» replicai, e dicevo sul serio.

«Un'affermazione pericolosa, tesoro. Non hai idea di tutto quello che voglio farti».

In realtà, avevo un'idea abbastanza precisa di cosa desiderasse. Per questo sapevo che si era trattenuto durante la nostra prima volta. «Sei un degno compagno, Elias del settore Andorra» dissi, ripetendo le parole che gli avevo rivolto prima. «Ero seria riguardo il mio estro. Vorrei trascorrerlo con te».

«Prima scapperai?». La sfumatura sensuale nel suo tono mi fece capire che non gli sarebbe dispiaciuto. Ma non avrei mai fatto qualcosa di così pericoloso in un territorio sconosciuto.

«No» sussurrai. «Perché non voglio rischiare che qualcun altro riesca a prendermi». Sarebbe potuto succedere. Soprattutto lì, un luogo in cui non sapevo dove nascondermi.

La sua espressione si fece seria. Spostò la mano dal mio seno e mi accarezzò la guancia. «Nessun altro ti toccherà, Daciana. Te l'ho detto: non condivido ciò che è mio».

«Non sono ancora tua» gli ricordai.

Uno scintillio sornione gli illuminò lo sguardo. «Oh, piccola, sei stata mia dal momento in cui ti ho portata nella mia tana. Lo sanno tutti. E tra due giorni lo renderò permanente». Lasciò andare il mio viso e mi posò la mano sul ventre. «Insieme creeremo il futuro, omega. Il primo ibrido tra lupi Ash e X-Clan».

«Ammesso che sia compatibile». Non ne eravamo ancora certi. «Non sappiamo nemmeno se puoi reclamarmi sul serio». Il solo pensiero mi fece venire la nausea. Perché se Elias non avesse potuto rendermi la sua compagna, sarei stata rispedita nel settore Shadowlands.

Il gelo si impossessò delle mie viscere.

Non volevo andare a casa.

Perché *non avevo* una casa.

Volevo che Elias fosse mio. Volevo stare con lui. Essere scelta. Diventare la sua compagna. Creare un futuro insieme, proprio come aveva appena detto.

«Ssh» mi zittì, e di nuovo fui avvolta da quel suono vibrante, simile a delle fusa. «Troveremo una soluzione. Non arrenderti prima ancora di iniziare». Il suo nodo si ritrasse, facendomi sentire improvvisamente vuota.

Scivolò fuori da me. Il frutto del piacere di entrambi mi colò lungo le cosce.

Nessun segno di vita nel mio ventre.

Nessun bambino.

Certo, era normale che non ci fosse, visto che non ero ancora andata in calore.

Ma cosa sarebbe successo se la stessa sensazione mi avesse colpita anche la settimana dopo, una volta riemersa dall'estro? Mi sarei trovata ancora una volta da sola?

La sola idea mi squarciò il cuore.

A un certo punto, avevo deciso che Elias sarebbe stato mio. Una decisione azzardata, considerando che in quel mondo non avevo nessuna libertà di scelta. Per non parlare del fatto che quell'opportunità in particolare avrebbe potuto facilmente sfuggirmi dalle dita.

Il brusio emesso da Elias si intensificò. Le sue labbra cancellarono le lacrime che mi rigavano le guance. *Sto piangendo*, mi resi conto. Il pensiero che non potesse essere mio mi aveva fatta cadere a pezzi.

«Dai, torniamo nella cupola e ceniamo. Dopo ti sentirai sicuramente meglio. E allora forse mi inviterai nel tuo nido». Mi accarezzò il collo col viso e sfiorò le mie labbra con le sue. «Okay?».

Deglutii a fatica; avevo un groppo alla gola. Non riuscii a far altro che annuire.

Preoccuparmi non aveva alcun senso, non avrebbe portato a nulla. Lo sapevo. E lo sapeva anche lui. Solo il tempo avrebbe potuto rivelarci cos'avesse in serbo per noi il destino.

Per il momento, dovevo farmi forza e andare avanti. Concentrarmi sullo scopo della mia permanenza lì. Scoprire la verità con l'alfa che avevo scelto. E fare la mia parte nell'esperimento.

Se avessimo concluso che non potevo essere sua, lo avrei affrontato.

Nel frattempo, mi sarei impegnata a indurire il mio cuore. Giusto per non ritrovarmi ancora più devastata di quando ero arrivata.

Solo che, seguendolo in forma di lupo, seppi con certezza che sarebbe stato impossibile. Da ogni sguardo che mi rivolgeva per controllare che stessi bene traspariva una devozione profonda. Mentre ci rivestivamo, percepii l'odore del suo desiderio nei miei confronti. E quando tornammo al suo appartamento, sperimentai come sarebbe stata la vita con lui. Mi coccolò sul divano, dove mangiammo una cena così saporita da accarezzarmi l'anima. Poi mi portò nel mio nido e mi tenne tra le braccia fino a tarda notte. Il suo brusio era musica per le mie orecchie.

Non mi ero mai sentita così completa.

Elias mi aveva riportata in vita nel migliore dei modi possibili.

In un paio di giorni, mi aveva insegnato che ero in grado di amare.

E che lui poteva essere quello che la mia anima aveva sempre sognato.

Quando Dušan mi aveva spedita lì, mi ero aspettata di subire un'infinità di test e di essere scopata fin quasi alla morte. I suoi uomini avevano promesso che sarei stata corteggiata, ma non ero così ingenua da crederci. Le uniche parole che avevo preso sul serio, convinta che rappresentassero la verità, erano state quelle che mi aveva rivolto Caspian sull'aereo. Tutte le battute su come gli alfa mi avrebbero dilaniata con i loro nodi.

Oh, in effetti avevo avuto l'impressione che Elias mi stesse squarciando. Su quello non c'erano dubbi. Ma era stato bellissimo. E non vedevo l'ora di ripetere l'esperienza.

Il pensiero mi fece stringere le cosce, e l'odore della mia eccitazione pervase il mio rifugio di lenzuola.

«Sei un enigma» sussurrò Elias. Era steso dietro di me, con il petto premuto sulla mia schiena. «Un attimo prima emani paura e dolore, quello dopo eccitazione. La tua mente mi affascina, Daciana». Il suo palmo scivolò dal mio ventre verso il punto dove più lo volevo. Mi accarezzò dolcemente, affondando le dita tra le mie cosce, per poi dedicarsi al mio piccolo fascio di nervi. «Sei fradicia».

Le sue parole mi fecero bagnare ancora di più, e un piccolo gemito mi sfuggì dalle labbra.

Non era mai stato così.

La maggior parte dei maschi mi spaventava.

Quell'uomo, invece, mi aveva spinta a combattere contro l'istinto, cercando disperatamente di trattenermi. E fallendo miseramente.

«So di cos'hai bisogno» continuò, premendo il pollice sul mio clitoride. «Strusciati sulla mia mano, piccola». Le sue labbra mi accarezzarono il collo, la sua erezione crebbe contro il mio sedere.

Entrambi eravamo entrati nel mio nido completamente nudi. Senza dire niente, avevo preso la camicia di Elias e l'avevo aggiunta al mio santuario, per poi togliergli il resto dei vestiti e appoggiarli sul comò. Lui non aveva fatto nulla, lasciandomi ancora una volta la possibilità di condurre il gioco. Si limitò a guardarmi mentre mi spogliavo ed entravo nel mio rifugio. Quando lasciai abbastanza spazio anche per lui, si unì a me.

Niente parole.

Solo gesti.

E lo adoravo. Adoravo il fatto che mi capisse senza bisogno che dicessi nulla. Anche solo quella dote lo rendeva perfetto per me.

Mi mossi sulla sua mano, cercando il piacere che desideravo. Era tutto così nuovo. E appagante. Elias mi baciò la gola, poi mormorò oscenità con le labbra premute sul mio orecchio, spiegandomi quanto volesse darmi di nuovo il suo nodo, prendermi da dietro o scoparmi la bocca. Farmi sua in ogni modo possibile, ancora e ancora.

Ogni fantasia dipingeva nella mia mente un quadro vivido e dettagliato, portandomi sempre più vicina al mio obiettivo.

Sapevo cosa stava facendo: mi stava preparando. Si stava assicurando che sapessi cosa mi avrebbe fatto durante il calore. Si stava garantendo il mio consenso. E ciò me lo fece adorare ancora di più. Non voleva sorprendermi, ma si aspettava la mia sottomissione. Voleva che gli permettessi di fare tutto ciò che desiderava.

E io mi resi conto di bramare ogni singola azione che stava descrivendo.

Anche quelle più brutali.

Quando parlò di scoparmi da dietro, tenendomi le mani bloccate sulla schiena e la faccia sepolta tra i cuscini, venni. L'immagine mi aveva colpita da qualche parte in profondità. L'idea di rinunciare totalmente al controllo, al tempo stesso fidandomi che si prendesse cura di me, mi fece crollare.

Perché mi resi conto che aveva già la mia più completa fiducia.

Un dono che non avevo mai concesso a nessuno, eppure Elias se l'era guadagnato in tempo record.

E fu così che iniziai ad amarlo.

Tornando lentamente in me, mi voltai e lo baciai, lasciando che sentisse tutte le emozioni che aveva risvegliato dentro di me. Quando scivolò tra le mie cosce, sapevo che sarebbe stato diverso. Un accoppiamento più lento. In modo che i nostri corpi potessero familiarizzare l'uno con l'altro.

Spalancai le gambe, accogliendolo con un gemito. Si mosse appena, sistemandosi sopra di me.

Il suo peso era una sensazione meravigliosa.

I suoi baci pura perfezione.

Le sue carezze mi marchiavano già come sua.

Il suo sesso si adattava perfettamente al mio. Il dolore provato qualche ora prima era svanito, sostituito dalla consapevolezza del piacere in arrivo.

Mi prese lentamente, col suo nodo che a ogni spinta andava sempre più in alto.

Era una scopata pigra.

Colma di adorazione reciproca.

Era come se stessimo memorizzando l'uno il corpo dell'altra.

Mi inarcai verso di lui, che per tutta risposta affondò ancora più in profondità, accarezzando una parte di me che mi fece venire le lacrime agli occhi.

Non parlammo. Niente più mormorii sconci. Solo noi, il nostro nido, i suoni della nostra unione. In quel momento, un altro pezzo del mio cuore si congiunse a lui, e la mia anima si sciolse nella sua.

I nostri gemiti si mescolarono nell'aria mentre il suo nodo si assicurava di nuovo dentro di me, riempiendomi del suo seme e facendomi raggiungere ancora una volta l'orgasmo.

Sorrisi sulle sue labbra, crogiolandomi nella nostra estasi. Mi ritrovai in uno stato languido, che spinse le mie palpebre a chiudersi finché dietro non ci furono nient'altro che stelle.

Mmm, sì.

Volevo stare lì per sempre.

Scivolai nel sonno, anche mentre Elias continuava a venire dentro di me. Forse, con un po' di fortuna, mi avrebbe svegliata allo stesso modo.

ELIAS

«Niente più test» dissi, appoggiando la tazza di caffè sul bancone con una determinazione che riecheggiò in tutta la cucina.

Ander era davanti a me, con le braccia incrociate sul suo ampio petto. «Ceres non si era reso conto di quanto fossero strette le cinghie, E, perché lei non l'ha mai detto. Non puoi fargliene una colpa. Tutto questo non fa che ostacolare la nostra missione».

«La nostra missione è scoprire se Daciana sia in grado di procreare con un lupo X-Clan, e la prossima settimana avremo la risposta». Non avevo nessuna intenzione di negoziare su quello. Niente più aghi. Niente più visite. «È una lupa, Ander, non una cavia da laboratorio».

Sospirò. «Considera la cosa da un altro punto di vista. È possibile che Ceres possa fare qualcosa per migliorare la sua capacità di concepire. Senza altri campioni, però, non potremo mai saperlo».

«Cosa ne dici se facciamo le cose a modo mio per una settimana, e, se non dovesse funzionare, ne riparliamo?». Li avrei comunque mandati al diavolo, perché entro la fine del calore sarebbe stata la mia compagna, a prescindere che restasse incinta o meno.

Il bagliore nei suoi occhi d'oro mi rivelò che sapeva perfettamente quali fossero le mie intenzioni. Ma mi disse anche che sapeva di non poter vincere, e Ander Cain sceglieva sempre con cura le sue battaglie. «Ti rendi conto che, se tu fossi qualcun altro, ti ordinerei di portarla immediatamente da Ceres?».

Sorrisi. «Attento, Cain, o penserò che tu mi stia dimostrando la tua gratitudine».

Grugnì. «Sai già che ti sono grato, idiota».

«Sei veramente un poeta» lo presi in giro. «Spero davvero che tu ci metta un po' più di impegno con la tua futura compagna».

Ogni traccia di divertimento scomparve dai suoi lineamenti, le sue labbra si ridussero a una linea dura. «Questo richiederebbe che la mia compagna mi parlasse, cosa che al momento non sembra molto propensa a fare».

«Non so proprio come sia possibile» commentai, fingendomi sorpreso. «Non è che tu ti sia comportato da stronzo o cose del genere». Metterla incinta senza nemmeno reclamarla. Che atto meschino.

Mi fulminò con lo sguardo. «Lo sai perché l'ho fatto».

«Sì, certo. Lo sa anche lei?» domandai,

inarcando un sopracciglio.

«Quello renderebbe la lezione completamente inutile».

«Hai ragione. Comunicare è sempre una pessima idea». Non riuscii a celare il sarcasmo. «Chi avrebbe mai pensato che sarei stato *io* a darti consigli sulle relazioni?».

Un altro grugnito provenne dall'alfa del settore. «Sembra che tutti pensino di poter fare le cose meglio di me».

«Perché è così» risposi. Qualche secondo più tardi, Daciana entrò in soggiorno con addosso soltanto la mia camicia. Tenne gli occhi su di me, chiedendo tacitamente la mia approvazione. Alzai un braccio, segnalandole di unirsi a me. Le sue labbra si incurvarono appena nell'accenno di un sorriso, le sue guance si tinsero di rosa, e lei continuò a camminare verso di me.

Mi si strinse al fianco, posando la testa sulla mia spalla. Vi si adattava perfettamente. Le baciai i capelli, sotto lo sguardo attento di Ander. «Buongiorno, principessa» mormorai.

«Buongiorno» sussurrò lei in risposta.

«Hai fame?».

Annuì. «Sì».

«Allora è un bene che abbia preparato uova per tre». Ander aveva pianificato di restare per colazione per poter discutere di Daciana e del suo potenziale. Ma avevo affrontato immediatamente la questione, chiarendo la mia posizione. Non c'era bisogno di parlarne ulteriormente. Avremmo testato le nostre teorie alla vecchia maniera.

Presi dei piatti puliti dalla credenza e divisi le uova in tre porzioni. Ander preparò la tavola della sala da pranzo, dove posizionò i piatti con la colazione. Poi afferrò le nostre tazze e guardò Daciana. «Vuoi un po' di caffè?».

Lei scosse la testa. «No, grazie».

«Succo?» insistetti io. «Latte? Acqua?».

«Hai del tè?». Lanciò un'occhiata ai fornelli con un'espressione speranzosa.

«No, ma possiamo fartelo portare». Ander si procurava un'infinità di prodotti diversi, provenienti da tutto il mondo, scambiandoli con i frutti delle nostre ricerche in campo tecnologico. Quell'uomo era davvero brillante. «Quale tipo preferisci?».

Daciana elencò un po' di gusti e Ander inviò un messaggio dal suo orologio. «Dieci minuti» disse. Si sedette a tavola e bevve un sorso di caffè.

«Cos'è quello?» chiese la mia futura compagna, fissando il polso di Ander. «Cioè, so che è un orologio, ma...». Studiò il dispositivo con le sopracciglia aggrottate. «È molto di più».

«Molto, molto di più» confermai. Le versai un bicchiere d'acqua, in attesa che arrivasse il tè. «Ne ho uno anch'io» dissi, arrotolando la manica del maglione. «È essenzialmente un computer sotto forma di orologio. Pensa che muta con noi, quando ci trasformiamo in lupi».

Schiuse le labbra. «Come?».

«La tecnologia è la nostra principale merce di esportazione» rispose Ander. «È parte del motivo per cui Dušan è così ansioso di fare affari con noi. Il settore Shadowlands è meno avanzato del nostro».

«Per usare un eufemismo» borbottò Daciana, prendendo posto sulla sedia che avevo allontanato dal tavolo per lei.

Mi sistemai sulla sedia accanto e avvolsi il braccio attorno allo schienale della sua. Poi incontrai lo sguardo di Ander, seduto di fronte a noi, e dissi: «Sei tu il genio. Mostrale cosa sa fare il tuo piccolo aggeggio».

Il mio amico ridacchiò, cercando di minimizzare. «Non l'ho inventato io».

«No, hai solo creato la squadra che l'ha fatto». Poi mi rivolsi alla mia omega. «Non lasciarti ingannare. Non è neanche lontanamente umile quanto sembra».

«Stronzo» borbottò Ander.

«Da che pulpito!» replicai, afferrando la forchetta. «E adesso mangia il cibo che ho preparato per te».

L'alfa mi lanciò un'occhiata omicida. «Non costringermi a ricordarti qual è il tuo posto davanti alla tua futura compagna. Non sarà un'esperienza piacevole».

Sbuffai. «Come se ne fossi capace».

Daciana rabbrividì. Il suo sguardo continuava a saettare tra me e Ander, la sua espressione era sempre più preoccupata. Chiaramente, non aveva colto il nostro sarcasmo.

«È il mio migliore amico» la informai dolcemente. «Bisticciamo spesso».

«Perché il tuo futuro compagno è un idiota» aggiunse Ander, per poi infilarsi in bocca una forchettata di uova. «Ma almeno sa cucinare».

«Già. È il mio unico pregio». Alzai la tazza di caffè come per brindare e ne bevvi un sorso. Daciana si rilassò.

«Hai molti pregi» mormorò. «E non penso che tu sia un idiota».

Sorrisi. Le sue parole mi scaldarono il cuore. «Grazie».

Ricambiò il mio sorriso con uno minuscolo dei suoi, poi cominciò a mangiare.

Ander ci osservava. Un'ombra di agitazione gli irrigidiva le spalle. Non perché disapprovasse. No, doveva aver a che fare con i problemi che stava avendo con la sua futura compagna.

La loro situazione era completamente diversa dalla nostra, dato che la femmina era cresciuta con gli umani. Almeno Daciana capiva il nostro mondo e conosceva il suo posto. Katriana, la compagna scelta da Ander, non lo capiva, né lo accettava. E l'aveva dimostrato cercando di fuggire. Per questo lui l'aveva punita; non solo aveva messo in dubbio la reputazione dell'alfa, ma aveva anche rischiato di morire.

Sciocca ragazza.

E testarda.

Di certo il mio amico aveva il suo bel daffare.

Una delle beta che lavoravano nell'edificio arrivò con il tè di Daciana. La femmina comparve senza dire una parola, consegnò la tazza e rifornì la credenza con delle scorte per prepararne dell'altro. Io e Ander la ringraziammo con un cenno del capo, sotto lo sguardo attento di Daciana.

«È una delle tue amanti?» chiese la mia omega, facendomi andare di traverso le uova.

«*Cosa?*».

Indicò con un cenno la porta da cui era uscita l'altra donna. «La beta. È una delle tue amanti?».

«No». Presi il mio caffè e ne bevvi un lungo sorso, per poi domandarle: «Perché lo pensi?».

«Hai detto che ieri ne ho incontrate alcune. Mi chiedevo se anche lei fosse una delle tue amanti».

Ander inarcò un sopracciglio. «Chi ha incontrato?».

«Sly e Candice, le abbiamo incrociate mentre le stavo facendo fare un giro della città» risposi. Io e Ander non avevamo mai condiviso nessuna delle due, e sospettavo che fosse quello il motivo della sua domanda. «Ho spiegato a Daciana che le nostre beta si mettono volontariamente a disposizione degli alfa, in questo settore».

«Oserei dire che si divertono a farlo» aggiunse lui. «Sono pagate bene, vivono in splendide case e sono loro a dettare le regole, decidendo fino a dove spingersi. Morgana, la beta che ti ha appena portato il tè, è un membro dello staff del palazzo. È felicemente sposata con un beta che lavora in uno dei laboratori. Tutti hanno un lavoro, qui nel settore Andorra, incluse le nostre omega. Ma è sempre per scelta, mai per obbligo».

«Quindi le vostre beta sono contente di essere sfruttate sessualmente dagli alfa?» ribatté Daciana, senza preoccuparsi di nascondere un pizzico di scherno.

«Daciana» la avvertii. Non poteva parlare in quel modo all'alfa del settore, non senza rischiare delle ritorsioni.

«È solo che, stando alla mia esperienza, le donne sono costrette a svolgere questa professione per mancanza di altre opportunità». Parlando, osò guardare Ander negli occhi. Il suo atteggiamento di sfida era evidente.

Lui ricambiò il suo sguardo senza fare una piega. «La tua esperienza è limitata» rispose.

«Sono cresciuta nella casa di una puttana» ribatté.

Ander ringhiò, sia per la sua continua impertinenza che per la parola che aveva scelto di usare. Strinsi la presa attorno alle sue spalle. «Attenta, Daciana. Sarà pure il mio migliore amico, ma è anche l'alfa di questo settore».

«Conosco il tuo passato, Daciana, ed è per questo che ignorerò il tono di accusa nelle tue parole. Ma devi renderti conto che ora sono io il tuo alfa, non Dušan. Sarebbe il caso che mi mostrassi lo stesso rispetto che riserveresti a lui».

«Non ho mai incontrato Dušan» rispose lei.

«Ma immagino che, se fosse successo, non ti saresti mai rivolta a lui in questo modo» insistette Ander con una sfumatura di rimprovero nella voce.

L'omega si morse l'interno della guancia e finalmente si decise ad abbassare lo sguardo. «No. No, non l'avrei mai fatto».

«Allora dovresti comportarti allo stesso modo anche con me» concluse Ander.

La testa bionda della mia futura compagna si abbassò in un cenno d'assenso, mentre delle scuse lasciarono le sue labbra. Scuse che mi fecero male al cuore. Aveva esagerato? Sì. Ma capivo le sue motivazioni.

«Sly, una delle due beta che hai incontrato ieri, lavora in laboratorio» le spiegai dolcemente. «Gioca con gli alfa nei weekend, perché ama il piacere che ne può trarre».

«E spesso Candice aiuta Riley a organizzare i rifornimenti di medicine; era una farmacista, prima che il mondo precipitasse nel caos» aggiunse Ander. «Anche lei si concede durante i fine settimana, perché non ha ancora trovato un beta che le piaccia».

Daciana spalancò gli occhi. «Quindi hanno la possibilità di scegliere».

«Sì» confermò Ander. «Nel mio settore, tutti hanno la possibilità di scegliere il loro percorso professionale. Chiedo soltanto che contribuiscano in qualche modo al bene della società».

«E le tue omega?» chiese Daciana. Alzò di nuovo lo sguardo su di lui, ma con meno audacia di prima. «Cosa fanno?».

«Come sai, Riley è un medico. La maggior parte delle altre preferisce dedicarsi a crescere i figli, ma alcune si occupano anche di altro. Alyona, per esempio, è un'insegnante». Ander la studiò. «C'è qualcosa che ti piacerebbe fare qui, Daciana? Un mestiere che potrebbe esserci utile, o che potrebbe offrirti un senso di appagamento?».

«Oltre all'accoppiamento?» domandò.

Ander annuì. «Sì».

«È irrilevante. Se non sarò adatta alla procreazione, mi spedirete indietro. Perché parlare di cos'altro potrei offrire?». Nonostante le sue parole potessero sembrare dure, il tono con cui le pronunciò non era particolarmente ostile, quanto incuriosito.

«Dammi corda» ribatté Ander. «Supponiamo che il tuo accoppiamento con Elias vada come sperato. Cosa ti piacerebbe fare qui?».

Lanciò un'occhiata a me, poi all'alfa del settore, e infine di nuovo a me. «Ecco…». Si leccò le labbra e le arricciò appena da un lato. «Beh, me la cavo bene con arco e frecce. Potrei cacciare».

Le mie sopracciglia schizzarono in alto.

Non mi sarei mai aspettato che fosse *quella* la sua risposta.

Non perché dubitassi di lei o trovassi sciocca la sua idea.

No, tutto il contrario.

«Ah» mormorò Ander, prendendo la sua tazza di caffè. «Forse dopotutto è davvero la tua anima gemella».

«Niente "forse"» ribattei, guardando Daciana con un'espressione meravigliata. «Sono il comandante, qui, perché non manco mai un bersaglio». Ormai usavo soltanto le pistole, trattandosi di strumenti più rapidi e avanzati, ma in passato ero molto abile anche con arco e frecce.

«Dovresti portarla al poligono per vedere come se la cava» suggerì Ander.

Sorrisi. «Sì, credo proprio che faremo così».

«Poligono?» ripeté lei, con lo sguardo che rimbalzava tra me e Ander.

«Un posto dove esercitarsi a sparare». Indicai il suo piatto con un cenno del capo. «Finisci le uova e andiamo». Mancavano ancora un paio di giorni alla luna piena. Tanto valeva continuare a mostrarle il nostro mondo, nel frattempo.

Ander abbassò la testa in segno di approvazione.

Non c'era da stupirsi, visto che era stato lui ad accettare la clausola del corteggiamento richiesta da Dušan come parte dell'accordo.

Più tardi gli avrei fatto rapporto sui risultati della nostra spedizione al poligono, inclusa una valutazione delle effettive abilità con l'arco di Daciana. Non avevamo bisogno di qualcuno che cacciasse, dato che acquistavamo il cibo da altri settori, ma un tiratore scelto faceva sempre comodo. Ci sarebbe stata utile per proteggerci, o anche per insegnare ad altri, forse addirittura ai nostri giovani. Di certo non l'avrei mai mandata in missione con i miei uomini. Ma c'erano altri modi in cui avrebbe potuto aiutarci.

Sorrisi. «Continui a sorprendermi, Daciana del settore Shadowlands».

Mi guardò, e nei suoi occhi azzurri scorsi un accenno di gioia. «Anche tu, Elias, del settore Andorra».

ELIAS

Un altro centro.

Fischiai e scossi la testa. «Non stavi scherzando sulla tua bravura nel tiro con l'arco». Nonostante gliene avessi fatto provare uno all'avanguardia, sicuramente non qualcosa a cui era abituata, aveva centrato ogni bersaglio.

«Queste sono molto meglio di quelle che creavo a casa» disse, accarezzando le punte metalliche delle frecce tracciabili. Erano quelle che preferivo: colpire un bersaglio con una di quelle frecce significava poterne individuare la posizione in qualsiasi angolo del globo. Ammesso che sopravvivesse. Le frecce sfruttavano la nanotecnologia per infiltrarsi nel sangue della vittima.

Un'idea brillante, anche se non molto utile nella nuova era. Almeno non nel settore Andorra.

Le passai una pistola, curioso di vedere se e come la sua abilità con l'arco si traducesse nelle armi da fuoco.

Mi ci volle un po' per spiegarle come usarla, poi le feci indossare un copricapo protettivo e la osservai mentre prendeva confidenza con l'arma. Dopo un paio d'ore di esperimenti, prese il ritmo e iniziò a centrare i bersagli con una precisione infallibile.

Era un talento naturale.

Quando ebbe finito, mi guardò con gli occhi che le brillavano di gioia e un sorriso smagliante. «Questa è molto più utile là fuori».

«Sì, ma non c'è nulla che batta l'emozione di tirare con l'arco» commentai.

Mi passò la pistola annuendo, ma poi aggiunse: «D'altro canto, nella maggior parte delle situazioni è meglio avere l'arma più efficiente».

«Vero». Le insegnai come disassemblare la pistola, poi le mostrai altri dispositivi all'avanguardia. Daciana seguiva le mie spiegazioni con un interesse che mi entusiasmava. La maggior parte delle donne preferiva stare alla larga dalle armi. Lei, invece, sembrava nata per maneggiarle.

Le avremmo dovuto trovare un ruolo adeguato. Qualcosa che la tenesse lontana dai pericoli, permettendole di fiorire.

Essere un'omega la rendeva intrinsecamente più debole, un tratto che nessuna arma avrebbe mai potuto cambiare. Non l'avrei mai messa sul campo di battaglia. Per non parlare del fatto che il mio istinto di proteggerla avrebbe impedito a entrambi di divertirci. Dovevo pensare a qualche altro modo per coinvolgerla.

«Sei a capo di tutto questo?» chiese, mentre riponevo le armi che avevamo usato.

«Sì. In qualità di vice di Ander, sono responsabile della difesa e della sicurezza del settore». Si addiceva anche al mio background e alla mia generale affinità con la strategia in ambito militare.

«Ed è per questo che tutti ti chiamano "comandante"» concluse, guardandosi attorno e notando che tutti i maschi nelle vicinanze erano sull'attenti. Sarebbero rimasti così finché non me ne fossi andato. La loro obbedienza era assoluta. In un bar, o in qualsiasi altro ambiente meno professionale, si sarebbero rilassati. Ma non lì, dove fungevo da alfa e luogotenente capo.

Ander scherzava spesso sul fatto che avrebbero preso per buona la mia parola, invece della sua.

Non aveva tutti i torti.

Intrecciai le dita con quelle di Daciana e la trascinai via dal poligono, verso il mio ufficio, che si trovava sul limitare della base. Già che c'ero, avrei potuto controllare che tutto stesse andando come previsto. Avevamo raramente dei problemi, solo qualche intoppo qui e là. Come una banda di umani che cercava di attaccare il nostro rifornimento di cibo.

Idioti.

Mentre camminavamo, Daciana teneva lo sguardo basso. Il suo atteggiamento era palesemente quello di un'omega. La maggior parte degli uomini, nella base, era composta da alfa, e il loro odore tradiva l'interesse che avevano nei suoi confronti.

Ma non avrebbero mai provato a parlarle o a toccarla. Nonostante non l'avessi ancora reclamata, le mie intenzioni erano chiare. La tenevo stretta a me, e, sopra i jeans prestati da Riley, indossava una delle mie camicie.

La sua mancanza di disponibilità era evidente.

E chiunque avesse avuto qualcosa da ridire, ne avrebbe risposto direttamente a me.

La condussi verso un divano all'interno del mio ufficio e andai a sedermi alla mia scrivania, per controllare le note che mi aveva lasciato Jaxon. Non c'era nulla di rilevante; la cosa non mi sorprese, perché altrimenti mi avrebbe sicuramente chiamato.

«Le vostre armi funzionano contro gli Infetti?» chiese Daciana dopo qualche minuto di silenzio.

«Sì».

«Ma per usarle bisogna essere in forma umana. Quindi, se li incontriamo come lupi, possono comunque morderci».

«Potrebbero, certo. Ma noi corriamo molto più veloce di loro».

«Giusto» concordò, ed ebbi l'impressione che si rilassasse un po'. «Siamo più veloci, è vero».

«Ci sono armi nascoste in tutta Andorra» aggiunsi dopo qualche istante, capendo che aveva paura. «La prossima volta che andiamo a correre, ti mostrerò dove sono. Così, se un Infetto dovesse darti la caccia, sapresti dove andare». Non che l'avrei mai lasciata andare a correre da sola. Beh, sicuramente non nell'immediato futuro. Non mi fidavo degli altri lupi.

Neanche a farlo apposta, percepii l'odore di un maschio che non l'avrebbe lasciata in pace nemmeno con me nei paraggi.

«Ah, mi sembrava di aver sentito qualcosa di estraneo» mormorò Artur, entrando nell'ufficio senza bussare.

Daciana si irrigidì, io lo ignorai.

«La cavia non dovrebbe essere con Ceres?» continuò Artur in tono sdegnoso. «O l'hai portata qui per farci provare la mercanzia?».

La sola idea che potesse accadere qualcosa del genere mi fece serrare la mascella. «Lei è mia».

«Tua?». Artur le si avvicinò. «Strano. Dall'odore sembra proprio disponibile».

Mi alzai e andai a mettermi tra lui e Daciana. «Cosa vuoi, Artur? Perché sei qui?».

«Per vedere a cos'è dovuto tutto questo clamore, ovviamente. Se Ander si aspetta che iniziamo a scopare delle lupe Ash, un assaggio del campione è il minimo che possa offrirci. Sono certo che mi capisci, visto che tu ti sei già servito».

«Non è disponibile» dissi in tono piatto. «Gentilmente, togliti di torno».

Mi fulminò con lo sguardo. «Non è disponibile perché Ander ti ha dato la precedenza».

Non degnai il commento di una risposta.

Non aveva niente a che vedere con Ander o la sua lealtà nei miei confronti. Era dovuto alla mia posizione nel settore. Mi ero *guadagnato* la precedenza, essendo l'alfa più forte e veloce del territorio. Se voleva sfidarmi, era il benvenuto.

«Il minimo che tu possa fare è condividerla» mormorò Artur. «Consideralo un modo per dimostrare a tutti noi che vale la pena scoparsi un'Ash».

Incrociai le braccia. «Anche se avessi intenzione di condividerla, cosa che non farò mai, sicuramente non sarebbe con te».

Un basso ringhio gli vibrò nella gola. L'insulto aveva fatto breccia nella sua facciata elegante. «Attento, Elias, o comincerò a prendere questa conversazione sul personale».

«L'hai messa sul personale dal momento in cui sei entrato nel mio ufficio senza nemmeno bussare» replicai.

«Come ho detto, stavo seguendo l'odore di qualcosa di *sbagliato*».

«Vattene, Artur».

Daciana mugolò alle mie spalle. Il suo corpo stava reagendo all'energia emanata da due alfa furibondi. Le narici di Artur si dilatarono, il suo sguardo si riempì di una curiosità oscura. Ringhiò di nuovo, ma non fu più un suono rabbioso. Si trattava del richiamo all'accoppiamento.

Ciò che la mia futura compagna odiava di più al mondo.

Gli tirai un pugno in faccia e lo spinsi fuori

dall'ufficio, mandandolo a sbattere contro il muro. «Non è tua».

«Ma neanche tua» ringhiò lui, afferrandomi per il colletto della camicia. «Non ho intenzione di fare a botte con te per della spazzatura spedita dalla Romania».

«Allora ti suggerisco di lasciarmi andare e sparire, perché *io* non ho nessun problema a fare a botte con te, se ti azzardi a dire qualcos'altro sulla mia futura compagna». Gli diedi un'altra spinta per allontanarlo da me, abbastanza forte da farlo inciampare all'indietro. «Non hai nessuna possibilità contro di me, vecchio. Vattene finché puoi». Perché se avesse anche solo borbottato qualcosa l'avrei fatto fuori.

Sputò un grumo di sangue e saliva sul pavimento. Il mio pugno doveva aver fatto più danni del previsto.

Non che mi dispiacesse.

«Tu e Ander state commettendo un errore madornale a imporci queste lupe Ash» sbottò. «Sono inferiori alla nostra stirpe e non sono degne del nostro seme».

«Eppure, giusto qualche minuto fa, volevi un assaggio della mia» commentai. «Fa' pace col cervello e levati di torno».

«Non ho detto che sono completamente inutili. Sono comunque in grado di ricevere i nostri nodi. Ma preferirei morire che reclamarne una».

«Sarò felice di assicurarmi che capiti il prima

possibile» risposi. «Dimmi quando, Artur. Ti farò trovare la tomba già scavata».

L'alfa emanava un'aggressività palpabile.

Mi misi in guardia, nel caso decidesse di fare qualcosa di stupido. Come cercare di aggredirmi.

«Quando si dimostrerà inutile e incompatibile, mandala da me» disse dopo qualche istante, scegliendo di salvare la faccia con degli insulti velati. «Ho proprio voglia di scopare un'omega».

«Sì, certo». Non sarebbe mai accaduto. Anche se Daciana fosse stata incompatibile, lui sarebbe stato l'ultima persona sulla faccia della Terra a cui l'avrei data. La sua mancanza di rispetto verso le femmine era nota in tutto il settore. Era pazzo se pensava che gli avrei concesso la mia omega.

Cretino.

«C'è altro?» gli domandai, inarcando un sopracciglio.

Scosse la testa. «Non funzionerà».

«Vedremo» risposi.

«Sì. Vedremo» concordò. Nel suo sguardo lampeggiò un bagliore sinistro.

Lo lasciai in corridoio e chiusi la porta del mio ufficio per sottolineare che la conversazione era finita. Se avesse deciso di entrare di nuovo, avrei ribadito il concetto in modo molto diverso.

Premetti un pulsante sul mio orologio che aprì un piccolo schermo e inviai un messaggio ad Ander, raccontandogli quello che era successo con Artur. Non ne sarebbe rimasto sorpreso, ma l'incidente andava documentato. Il vecchio mutaforma diventava ogni giorno più sfrontato. Non mi avrebbe stupito se lui o il suo amichetto Enzo avessero sfidato di nuovo Ander per il comando del settore.

Di solito era sempre Enzo a farlo; tra i due, era il più forte.

Ma qualcosa nel comportamento di Artur, almeno negli ultimi tempi, suggeriva che sarebbe stato lui a tentare.

In ogni caso, avrebbero fallito. L'unico nel nostro settore che forse avrebbe potuto battere Ander ero io, ma non l'avrei mai sfidato. Non avevo nessun desiderio di governare, e lo sapevamo entrambi.

Mi passai le dita tra i capelli e osservai Daciana. Era ancora sul divano e stava praticamente vibrando di paura.

Il ringhio di Artur, capii. E sospirai.

Mi accovacciai davanti a lei, cercando di incontrare il suo sguardo, ma mi ignorò. «Ehi» dissi dolcemente. «Se n'è andato. Va tutto bene». Allungai la mano per accarezzarle il viso, ma lei trasalì e si sottrasse al contatto. Se non altro, finalmente aveva alzato gli occhi su di me.

«Mi hai mentito».

Corrugai la fronte. «No, non è vero».

«Hai detto che non mi avresti condivisa».

«E infatti non lo farò».

Indicò la porta, con l'ira che le accese i

lineamenti di un rosso intenso. «Hai appena detto a quell'uomo che avrebbe potuto avermi, non appena avessi finito con me».

«No, non...». Mi interruppi, ripensando a cosa potesse aver sentito.

Scelse quel momento per saltare giù dal divano e aggredirmi. «Sei come tutti gli alfa che ho conosciuto! Usate le femmine per il vostro piacere personale, perché sono incapaci o indegne di darvi di più!». Il suo palmo si schiantò sul mio petto, la sua furia riempì l'aria. «I lupi Ash saranno pure diversi da voi, ma ciò non significa che siamo inferiori. Siamo... siamo... siamo speciali, a modo nostro. E forse non voglio essere compatibile con il tuo seme X-Clan. Forse non voglio nemmeno essere qui!».

Lasciai che si sfogasse.

Accettai i colpi al petto.

Continuò a elencare, gridando, le differenze tra le nostre specie e quanto fossero irrilevanti. Urlò che tutti i lupi erano lupi. Che forse gli Infetti avrebbero potuto trasformarla in una zombie, ma ciò non la rendeva inferiore. Sbraitò che non aveva un odore sbagliato. Che valeva molto di più della sua capacità di procreare. Che non aveva bisogno di un compagno. Che non aveva mai chiesto nulla di tutto questo. Che il pensiero che non fossi in grado di reclamarla la terrorizzava.

E, inevitabilmente, si rimangiò tutto quello che

aveva detto. Affermò che l'idea di non riuscire a darmi un figlio la faceva sentire debole e inferiore.

La sua rabbia si sciolse in un singhiozzare disperato. Le gambe le cedettero, ma riuscii a prenderla tra le braccia appena in tempo.

Cancellai le sue lacrime con i miei baci.

La mia omega era impaurita.

L'aveva nascosto bene, ma ero riuscito comunque a percepirlo. E ora me lo stava mostrando. Mi stava mostrando tutto. Il suo terrore di essere rispedita indietro o, peggio, di essere consegnata a un maschio come Artur. La sua convinzione che tutta la sua esistenza fosse destinata al fallimento. Il fatto che odiasse sentirsi così dipendente dal nostro potenziale accoppiamento, eppure non sapesse cos'altro provare.

La sua preoccupazione che, un giorno, l'avrei scartata per trovarmi un'omega più degna.

Un'omega X-Clan con i geni giusti per fornirmi ciò che desideravo.

La sollevai e la rimisi a sedere sul divano, poi presi posto accanto a lei. La strinsi forte, emettendo un brusio intenso che sapevo l'avrebbe tranquillizzata.

Cercò di divincolarsi, ma la tenni stretta.

Pianse, e io asciugai le sue lacrime.

Finché, finalmente, non iniziò a calmarsi.

«Daciana» mormorai con le labbra sul suo orecchio. «Non sappiamo ancora cosa ci riserverà il futuro. Ma ti prometto che non lascerò mai che uno come Artur ti tocchi. Mai».

Scosse tristemente la testa. «Ho sentito quello che hai detto».

«Ero sarcastico, tesoro». Le accarezzai i capelli, scostandoglieli dal viso e guidando i suoi occhi lucidi di lacrime verso i miei. «Voleva essere una risposta sprezzante». Le afferrai il mento; avevo bisogno che facesse attenzione alle mie parole. «La sola idea di condividerti mi fa impazzire, Daciana. Ucciderò chiunque osi sfiorarti. Hai capito?».

Lasciai che leggesse nel mio sguardo la veridicità di quell'affermazione, consapevole che anche il mio lupo la stava fissando. Sarebbe stato *lui* a fare a pezzi il colpevole.

«Sei mia» aggiunsi, incapace di trattenere un ringhio. «*Mia*, Daciana».

DACIANA

La dichiarazione di Elias mi incendiò l'anima.

Nonostante le parole che si erano scambiati in corridoio, gli credevo. Emanava una furia cieca. La sola idea che qualcun altro potesse prendermi gli fece serrare la presa su di me, rendendo il dolore quasi insopportabile.

Non voleva condividermi.

E quell'uomo, *Artur*, era stato a dir poco inopportuno.

"Sì, certo". Le parole di Elias mi rieccheggiavano nella mente. Cercai di ricordare il tono con cui le aveva pronunciate, l'irritazione di cui era intriso il suo odore in quel momento.

Sarcasmo.

Sapevo cosa fosse, ma l'avevo sperimentato molto raramente.

Aveva voluto ripagare l'altro alfa con la sua stessa moneta, trattandolo in modo sprezzante.

«Tua» mormorai. Lo guardai intensamente negli occhi, nelle cui profondità scorsi il suo lupo. Nonostante fosse l'uomo a stringermi tra le braccia, era il suo animale a parlarmi. Aveva perfino ringhiato. E, stranamente, non mi aveva turbata.

Mi avventai sulla sua bocca e lo baciai appassionatamente.

Mi concesse il primo tocco delle nostre lingue, ma poi prese il sopravvento, con un gemito che mi colpì dritto tra le gambe. Le sue mani scesero sui miei fianchi. Seduta a cavalcioni su di lui, gli avvolsi le braccia attorno al collo.

Il mio ciclo non sarebbe iniziato prima di un paio di giorni, ma mi bagnai lo stesso.

Nessun altro maschio aveva mai avuto quell'effetto su di me.

Finché non avevo conosciuto Elias.

Mi sfilò la camicia da sopra la testa, e subito la sua bocca cercò i miei capezzoli. Prima uno, poi l'altro, con i denti che mi graffiavano la pelle, facendomi fremere da capo a piedi.

Gli strattonai i capelli.

Ringhiai per avere di più.

Desideravo il suo morso.

Oh, ero così innamorata di quell'uomo.

Il mio alfa.

Il mio Elias.

Rotolò sul divano fino a farmi posare la schiena sui cuscini. Il suo corpo massiccio incombeva su di me. «Sto per scoparti, Daciana» disse. «E ti farò urlare talmente forte che tutti ti sentiranno».

Mi sbottonò i jeans.

Abbassò la cerniera.

E inspirò profondamente.

«E sapranno che sarò stato io a strapparti quelle grida. Possedendoti. *Reclamandoti*».

«Sì» sibilai, alzando il bacino per aiutarlo a togliermi i pantaloni.

«Sapranno quanto sei degna» continuò, trascinando il viso lungo l'interno della mia coscia. «Capiranno che le omega Ash sono belle e incredibili quanto le X-Clan. E mi invidieranno, piccola». Pronunciò le ultime parole sulla mia carne rovente, e il suo respiro stuzzicò il mio punto più sensibile.

«Elias» ansimai, affondando le dita tra i suoi riccioli scuri.

«Sei mia» disse. La sua lingua si insinuò dentro di me, leccandomi in profondità e spingendomi a inarcarmi verso di lui, accecata dal desiderio.

L'eccitazione si riversò lungo le mie cosce e direttamente nella sua bocca, mentre mi divorava nel modo che avevo sempre sognato.

Paradiso, pensai. *Questo è il paradiso*.

La sua bocca.

La sua lingua.

I suoi *denti*.

Oh, non riuscivo a respirare. Lacrime di natura ben diversa dalle precedenti mi riempirono gli occhi. Quell'uomo era diabolico. Abile. Perfetto. Mi stava distruggendo, nessun altro avrebbe mai potuto eguagliare ciò che mi stava facendo provare. E non avevo nessuna intenzione di lamentarmi, perché mi aveva introdotta al piacere. Al *vero* piacere. Quello che ogni lupa desiderava, eppure non lo sperimentava quasi mai.

Mi innamorai di lui ancora di più, la mia anima si intrecciò alla sua in un matrimonio che presto sarebbe stato reso ufficiale.

Tutte le mie preoccupazioni sulle nostre differenze svanirono.

I nostri destini diventarono uno.

Mi avrebbe reclamata. Lo sentivo nelle ossa. Così come sentivo che gli avrei dato un figlio. Con i capelli scuri come i suoi e gli occhi azzurri come i miei.

Sorrisi, inarcandomi ancora una volta verso di lui. Il piacere che mi si agitava nel ventre era talmente intenso da essere quasi doloroso. «Vicino» riuscii a rantolare. Il cuore mi martellava nelle orecchie.

«Mmm… lo so» mormorò, cercando i miei occhi. «Urla per me, principessa. Urla il mio nome».

Sigillò la bocca attorno al mio clitoride. Succhiò forte, esigendo che venissi.

Obbedii.

Gli diedi tutto.

Il mio cuore.

Il mio respiro.

La mia stessa anima.

Il suo nome abbandonò le mie labbra in un'appassionata melodia. Tremavo, la vista mi si offuscò. Il mio corpo stava *cantando* per il suo.

E poi lui fu sopra di me, scivolando nel mio calore. I suoi jeans erano slacciati, ma gli fasciavano ancora le gambe. Il contatto col tessuto mi irritò le cosce, ma apprezzai la distrazione che mi offrì, permettendomi di tornare alla realtà abbastanza a lungo da sentirlo entrare, centimetro dopo centimetro.

«Questo farà male» mi avvertì.

Lo accolsi con un sospiro, conficcandogli le unghie nel collo, mentre la sua bocca si avventava sulla mia.

Aveva la lingua coperta dalla mia eccitazione, un particolare che mi fece raggiungere delle vette mai esplorate.

Mi scopò molto più forte dell'ultima volta, con movimenti rapidi e brutali.

Come se stesse incanalando in ogni spinta tutta la frustrazione e la rabbia suscitati dall'incontro con l'altro alfa.

Lo accettai.

Lo adorai.

Perché, attraverso il dolore, un vortice di sensazioni indescrivibili cominciò a formarsi tra le mie cosce.

Ogni suo movimento alimentava l'incendio che mi lambiva il ventre.

Ogni carezza dei suoi denti sulla mia lingua o sulle labbra intensificava la nostra unione.

E la sensazione deliziosa dei suoi pantaloni che

mi graffiavano le gambe mi fece gridare per averne di più.

Mi afferrò i fianchi e mi inclinò per prenderlo ancora più in profondità. Mi avrebbe lasciato dei lividi. Li avrei portati con orgoglio.

Stavamo soddisfacendo i nostri bisogni con una furia selvaggia. La sua bocca reclamava la mia con una violenza che quasi mi fece sanguinare. E i nostri corpi si abbattevano l'uno sull'altro con un ritmo frenetico che mi toglieva il respiro.

Non mi importava.

Ero comunque troppo impegnata a urlare.

La mia voce era diventata roca, le mie dita dolevano per la forza con cui mi ero aggrappata a lui. E a un certo punto non ce la feci più. Precipitai nell'estasi, serrandomi attorno al suo sesso, esigendo che mi seguisse.

Elias gemette il mio nome, con un tono basso e profondo, per poi gridarlo quando mi reclamò dall'interno. Il suo nodo esplose, il suo seme mi riempì.

Il suo orgasmo evocò in me una nuova ondata di piacere, facendomi venire una terza volta.

Ansimavo. Il petto mi bruciava per il bisogno di ossigeno, il mio cuore batteva con un ritmo sfrenato.

Un odore ferroso mi disse che uno di noi stava sanguinando. O forse entrambi.

Mi leccai il labbro inferiore e assaggiai ciò che mi rimase sulla lingua.

Deglutii.

Ancora scossa dai brividi, mi sentii meravigliosamente usata e totalmente piena di *lui*. Il mio compagno. Il mio Elias. Non mi aveva ancora morsa. Non nel modo in cui doveva farlo. Ma sapevo che ne aveva tutte le intenzioni. Lo sentivo nel modo in cui mi stringeva, glielo leggevo nello sguardo. Lo confermava anche il suo sesso, che ancora pulsava tra le mie gambe.

Mi considerava già sua.

E, nel giro di qualche giorno, l'avrebbe reso ufficiale.

Non appena fossi andata in calore.

Non gli chiesi perché non ci avesse già provato in quel momento, oppure la notte precedente. Forse avrei dovuto, ma una parte di me non voleva porgli quella domanda. Perché conoscevo già la risposta.

Non avrebbe mai reclamato una femmina che non poteva ingravidare.

Nessun alfa l'avrebbe mai fatto.

Quella consapevolezza mi attanagliò il cuore, ma cercai di sopprimere ogni pensiero negativo. La nostra situazione mi era chiara.

Meritava una compagna che potesse dargli un figlio.

Io dovevo solo assicurarmi di poter essere quella compagna.

Lo sarò, pensai. *Devo esserlo.*

Perché, proprio come Elias, non avevo nessuna intenzione di condividerlo con un'altra. Solo che lui aveva già delle altre. Beta.

Mi accigliai.

Come avrebbe potuto essere mio, se se la spassava anche con delle altre?

«Quella non è l'espressione di una donna soddisfatta» sussurrò Elias con gli occhi puntati su di me. Come sempre. In completa sintonia con ogni mia emozione e ogni mio pensiero. «Dimmi perché hai quell'espressione. E non mentire».

«Non è niente» mormorai, con la voce ancora roca a causa di tutto il gridare.

«Stai mentendo» mi accusò, spostandosi in modo che la sua schiena fosse rivolta verso il resto della stanza, mentre la mia fosse premuta sul divano, di fatto ingabbiandomi. «Rispondimi, Daciana». Si sistemò la mia gamba sulla sua coscia, tenendoci uniti, continuando a riversare il suo seme dentro di me. «Adesso».

Mi irrigidii. Non solo mi aveva intrappolata in una posizione di inferiorità, ma stava anche usando un tono autoritario per imporre il suo dominio. «Hai anche altre amanti» dissi in tono piatto. «Pensarci mi ha causato quell'espressione. Sono sicura che anche tu non saresti al settimo cielo, se *io* avessi degli amanti. Ma a me non capiterà mai, non è vero?».

Arretrò di scatto, come se l'avessi preso a schiaffi. «Vuoi altri amanti?».

«No» sbottai. «Sarebbe solo… Non…» ringhiai irritata. «Hai rovinato un momento perfetto e non posso nemmeno andarmene, perché, beh…».

Ruotai il bacino e gemetti per la sensazione che mi provocò quel movimento.

Dannato nodo!

Il divertimento si fece strada nella sua espressione, una risatina gli solleticò il petto. «Sei troppo carina quando ti arrabbi, Daciana».

«E tu sei irritante quando… quando… Beh, adesso!» risposi. Quando mi resi conto di quanto suonassi ridicola, la mia voglia di litigare svanì. «Non importa». Nascosi il viso nella sua camicia, o almeno ci provai. Il suo palmo mi catturò la nuca e mi tirò indietro, costringendomi a guardare lui e il suo dannato sorriso.

«Sei gelosa».

Alzai gli occhi al cielo e non lo degnai di una risposta. Anche lui al mio posto sarebbe stato geloso.

Anzi, no, lui sarebbe andato su tutte le furie e avrebbe fatto una strage.

A meno che non volesse davvero condividermi.

Scossi la testa, scacciando quel pensiero. *No.* Sapevo che era sincero, lo sentivo. Lo dimostrava anche il dolore che provavo tra le cosce.

«Sono le mie *ex* amanti» disse Elias. «Fanno parte del mio passato. Tu sei il mio futuro».

«Sempre che riesca a darti un figlio» gli ricordai.

Ringhiò in risposta, poi si fermò immediatamente e imprecò. «Scusami». Premette la fronte sulla mia. «Mi dispiace».

Mi ci volle qualche istante per capire perché si stesse scusando. Quando lo feci, spalancai gli occhi.

Mi ascolta. Mi prende sul serio. Certo, lo sapevo già. Ma vedere quanto fosse dispiaciuto per aver ringhiato me lo mostrò sotto una luce tutta nuova.

Per non parlare del fatto che il suo ringhio non mi aveva turbata.

Anzi, mi era piaciuto, perché aveva fatto vibrare il punto in cui eravamo ancora uniti.

«Fallo di nuovo» sussurrai, perdendo il filo del discorso e guardandolo negli occhi. «Ringhia».

«Cosa?».

«Ti prego. Voglio... Ho bisogno di vedere una cosa». Deglutii. «Fa' un richiamo per l'accoppiamento. Ma non troppo forte».

«Daciana...».

«Uno solo» lo implorai.

Mi studiò per un lungo istante, poi acconsentì ed emise un basso ringhio che raggiunse direttamente il mio clitoride. Sussultai, e un nuovo fiotto di desiderio ricoprì il suo sesso, ancorato dentro di me. «*Ooh*» sussurrai, tremando. «*Oh*, mi è piaciuto».

Seguì un altro ringhio, un po' più forte. La vibrazione mi scosse dalla testa ai piedi.

Gli afferrai le spalle e mi aggrappai a lui, sopraffatta da un altro meraviglioso tremito.

«Ancora» ansimai, facendo forza con la coscia posata sulla sua gamba per spingerlo più a fondo dentro di me.

«Non posso» mormorò. «Non finché il mio nodo non sarà di nuovo pronto».

Fu il mio turno di ringhiare, e mi guadagnai una risatina da parte dell'alfa.

«Oh, sei così perfetta» sussurrò. Mi accarezzò il collo e mi inclinò la testa verso l'alto, per incontrare il suo bacio.

Delle labbra morbide e carnose catturarono le mie. La sua lingua entrò lentamente nella mia bocca per reclamarla ancora una volta. Gemetti, abbandonandomi a lui.

Qualsiasi cosa avesse detto, non aveva alcuna importanza.

Qualsiasi cosa ci riservasse il futuro, non mi importava.

Quel momento, lì con lui, mi stava regalando più felicità di quanto avesse fatto la mia intera esistenza. E per questo gli sarei stata eternamente grata.

Ci baciammo a lungo, forse per ore, lasciando che fossero i nostri corpi a parlare per noi. E quando finalmente mi prese di nuovo, ringhiò. Non bruscamente. Non per dominarmi. Solo un suono caldo e sottile che segnò per sempre il mio destino.

Gli appartenevo.

Cuore, corpo e anima.

E il modo in cui mi fece nuovamente sua mi disse che lo sapeva anche lui.

ELIAS

«È FERTILE» riferì Ceres al consiglio degli alfa con un tono privo di emozione. «Ma non sapremo se potrà essere ingravidata fino al termine del suo estro».

Il quale sarebbe dovuto iniziare entro due giorni, dato che il suo ciclo era legato alla luna piena.

«Comodo» commentò Enzo.

Artur, seduto accanto a lui, sbuffò. «Dovremmo fare come ai vecchi tempi: metterla in una stanza e lasciare che gli alfa la prendano. Il seme del più forte attecchirà».

«È più probabile che non sia in grado di concepire» ribatté Enzo. «In tal caso, almeno potremmo dire di averci provato, invece di lasciare tutto nelle mani di Elias. Non sappiamo nemmeno se sia in grado di ingravidare un'omega».

Le mie sopracciglia si sollevarono, ma fu Ander a rispondere: «In realtà, lo sappiamo. Ceres l'ha testato e ha determinato che è idoneo».

Il fatto che si discutesse così apertamente del

mio sperma mi fece digrignare i denti. Certo, vedere gli organi interni della mia futura compagna in bella mostra su tutti gli schermi della sala era molto peggio. Le avevano sottratto ogni briciolo di privacy e dato in pasto a tutti gli alfa presenti i risultati dei suoi test. Corredati di fotografie.

Mi veniva da vomitare.

Almeno lei non era presente. Sapevo già come avrebbe reagito: si sarebbe chiusa in se stessa. Sarebbe rimasta in silenzio. Avrebbe osservato tutto senza fiatare. Analizzando. Ascoltando. Riflettendo su quale fosse il suo valore, mentre un gruppo di maschi discuteva della sua idoneità all'accoppiamento.

Quando ne avevo discusso con Ander, aiutandolo a stilare l'accordo, avevo capito perfettamente la missione e quanto fosse importante.

Quel giorno, però, la odiai.

«Non l'ha ancora reclamata» aggiunse Artur. «Perché non possiamo avere tutti l'opportunità di verificare se accetterà il nostro seme durante l'estro? Se è come le omega di Andorra, non le dispiacerà».

L'ultima affermazione fu accolta da una manciata di ringhi, tutti provenienti dagli alfa accoppiati presenti nella stanza.

Artur ghignò. «Pensate che non udiamo le vostre compagne in preda alla passione? Che non sentiamo il loro odore?».

«Stai cercando di farti ammazzare?» gli

domandai. «Perché sono abbastanza sicuro che provocare un alfa prendendo di mira la sua compagna equivalga a una condanna a morte».

Sorrise. «Ma non puoi saperlo con certezza, vero?».

«Già, perché non hai cercato di reclamare l'omega?» insistette Enzo. «Sei troppo preoccupato che non possa darti un erede? Non vuoi sprecare il tuo seme con qualcuno così poco degno?».

«Basta» si intromise Ander con un ringhio risoluto.

Ma su quello volevo dire la mia. «No, ho bisogno di rispondere».

I suoi occhi dorati trovarono i miei.

Ma non distolsi lo sguardo.

Il consiglio doveva ascoltare le mie ragioni, altrimenti tutti avrebbero creduto alla spiegazione idiota di Enzo. E Daciana meritava di meglio. La mia decisione non aveva niente a che fare con quello che lei poteva darmi, anzi, tutto il contrario.

Ander mi rivolse un sottile cenno d'assenso.

Sapeva già cosa stavo per dire, dal momento che in mattinata mi aveva fatto la stessa domanda, quando era venuto a prendermi. Con lui c'era anche Jonas, che aveva acconsentito a sorvegliare Daciana durante la mia assenza.

Naturalmente, gli unici maschi che temevo potessero farle del male si trovavano proprio in quella sala. Tuttavia, data la loro propensione a sfruttare i loro tirapiedi per il lavoro sporco, preferivo essere certo che Daciana fosse al sicuro.

«Allora?» mi esortò Enzo. «Non avevi qualcosa da dire, *comandante*?». Il suo tono sprezzante non passò inosservato, ma scelsi di non abboccare. Era ciò che voleva, e avevamo cose molto più importanti di cui discutere.

«Il motivo per cui non ho ancora cercato di reclamarla è che non voglio legarla a me se non posso darle un figlio. Sappiamo tutti quanto sia importante la procreazione per un'omega. Privarla della possibilità di diventare madre sarebbe condannarla inutilmente a un destino crudele. E per quanto voglia rivendicarla come mia, per quanto senta che è *già* mia, non le farei mai nulla del genere».

Artur ridacchiò. «Visto? Perfino Elias è convinto che non sia una valida candidata».

«Non è quello che ho detto».

«Era implicito nelle tue parole» ribatté.

«No. Le mie parole implicano che sono un uomo d'onore che non vuole trattare un'omega come un fottuto esperimento. È una splendida donna che merita un futuro degno di lei, a prescindere che sia io a darglielo». Dirlo a voce alta fu doloroso. Il mio affetto nei suoi confronti si era già radicato nella mia anima. Ma non avrei mai potuto legarla a me solo sulla base di un bisogno egoistico. Non sarebbe stato giusto.

Ander non era d'accordo con la mia decisione,

come dimostrato dall'espressione che aveva in quel momento.

Ma stavamo parlando della mia vita, non della sua.

«Beh, io non avrei alcun problema a legarmi a un'omega solo per scopare» intervenne Enzo. «Lasciate che la prenda. Vedremo cosa succederà quando la mordo».

Il mio ringhio di avvertimento rieccheggiò in tutta la stanza. «Non vuoi un'Ash. Hai detto che sono troppo impure per i tuoi gusti».

«Non saprei… L'odore che emanava dal tuo ufficio, ieri, sembrava abbastanza allettante» si intromise Artur. «Non mi dispiacerebbe assaggiarla».

Mi alzai in piedi di scatto, e la mia sedia volò contro il muro.

Un attimo dopo Ander era accanto a me, con una mano premuta sul mio petto.

«Calmati» mi ordinò. Il suo tono secco mi fece digrignare i denti ancora una volta.

Aveva ragione.

Sapevo che aveva ragione.

Ma col cazzo che volevo "calmarmi". Volevo prendere a botte Enzo, cancellargli quel fottuto sorrisetto dalla sua fottuta faccia e fargli il culo.

In realtà, era esattamente ciò che voleva anche lui.

Se ci fossimo azzuffati, probabilmente sarei stato fuori gioco per un paio di giorni e avrei perso la mia occasione con Daciana.

E Artur avrebbe preso il mio posto, in quanto terzo alfa sotto la cupola, in ordine di grado.

Non avrei mai permesso che succedesse.

«C'è qualcos'altro di importante da discutere, Ceres?» chiese Ander. Il suo palmo era ancora premuto sul mio petto.

«Il suo patrimonio genetico è pressoché identico al nostro, con l'eccezione di due geni. Sospetto che uno dei due sia legato alla debolezza dei lupi Ash nei confronti degli Infetti».

L'osservazione suscitò il mio interesse. «Puoi isolarlo ed eventualmente renderla immune?».

Ceres mi fissò con i suoi luminosi occhi verdi. «Sì. Con altri test». La frase era stata formulata con precisione, ma la sua frecciatina non mi era sfuggita.

«Ne possiamo discutere dopo il suo estro» dichiarò saggiamente Ander.

Perché sapeva che, se tutto fosse andato secondo i piani, a quel punto sarebbe stata la mia compagna, e di conseguenza avrebbe avuto uno status più elevato. Sarebbe stato compito mio decidere se qualcuno avesse potuto toccarla. E io, ovviamente, avrei chiesto a Daciana cosa ne pensasse, dandole la possibilità di scegliere.

«Se un gene è legato agli Infetti, l'altro cosa riguarda?» chiese Samuel. Di norma, il lupo si schierava sempre con Enzo e Artur, ma sembrava genuinamente curioso. Immaginai che fosse normale, considerando che era lui stesso un ricercatore.

«Non ne sono sicuro, perché non ho potuto raccogliere abbastanza campioni». Un'altra frecciatina di Ceres.

«Dato che hai prelevato litri di sangue e una quantità spropositata di altri fluidi, mi verrebbe da pensare che hai campioni a sufficienza con cui lavorare, *dottore*» osservai.

Le sue labbra si ritrassero in un ringhio.

Ricambiai il gesto, per nulla intimidito da quel dannato beta.

«Bene, allora, come dicevo, possiamo riprendere la discussione dopo l'estro della lupa Ash» ribadì Ander. «Come da accordo con l'alfa del settore Shadowlands, Elias ha corteggiato l'omega e si è guadagnato il suo favore. Gli ha chiesto di trascorrere il calore con lei, e così farà. La situazione non verrà gestita "come ai vecchi tempi"». L'ultima parte era chiaramente a beneficio di Enzo e Artur.

Entrambi sospirarono, scuotendo il capo.

«E io che pensavo che preferissi la diplomazia, Cain» disse Enzo in tono beffardo.

«È così». Ander sorrise. «Abbiamo votato prima di procedere con l'accordo, e uno dei requisiti era proprio il corteggiamento. Fine della discussione».

Artur si limitò a fissarlo con un'espressione di sfida.

Aggiunsi delle armi alla mia lista mentale in

preparazione del giorno successivo; sembrava che ne avrei avuto bisogno.

Poco dopo, Ander congedò il consiglio, stabilendo che ci saremmo riuniti la settimana seguente e avremmo discusso le mie osservazioni. L'intera situazione mi dava la nausea.

«Lei è molto più di un esperimento» gli dissi, mentre mi seguiva nella mia suite.

«Lo so».

«Sicuro?» ribattei. «Capisco quanto sia importante questo accordo, sul serio, ma Daciana è preziosa quanto la tua omega. E tu non lasceresti mai che parlassero così di Katriana».

«Eppure lo fanno lo stesso» rispose, lanciandomi un'occhiata. «È parte del gioco, Elias. Lo sai anche tu. Sono anni che Enzo e Artur puntano alla mia posizione. Perdono sempre, ma ciò non li ferma dal comportarsi da stronzi».

«Non vogliono nemmeno Daciana» borbottai, passandomi una mano tra i capelli.

Le porte dell'ascensore si aprirono; Jonas era in piedi, con la schiena appoggiata al muro e le mani in tasca. Aveva, come sempre, un'espressione annoiata. I suoi occhi azzurro ghiaccio si posarono su di noi, e le sue labbra si arricciarono appena. «Bene, sembra che non mi sia perso niente di interessante».

«Ti aspettavi del sangue?» ipotizzai, sorridendo al mio soldato preferito. Aveva prestato servizio nell'Unità di risposta alla crisi islandese, quando il

Paese esisteva ancora. Definirlo un duro sarebbe stato un eufemismo.

«Visto come si stanno comportando Enzo e Artur da quando è arrivata Katriana, sì, me lo aspettavo». Si scostò dalla parete. «Credo che la tua compagna stia cercando di preparare la colazione. Dovresti fermarla, finché sei in tempo».

Il mio sorriso si allargò. «Sta andando così male?».

«Non credo sia abituata ai nostri elettrodomestici» fu tutto ciò che disse, per poi entrare nell'ascensore da cui eravamo appena usciti. «Fammi sapere se hai bisogno che resti di guardia, questa settimana».

Le porte si chiusero, lasciandomi ancora una volta da solo con Ander.

«Pensi che Enzo o Artur tenteranno qualcosa?» gli domandai.

«Sarebbe una follia. D'altro canto, ho l'impressione che negli ultimi tempi stiano volutamente superando ogni limite».

«Sì, penso stiano tramando qualcosa» concordai. Il mio naso fremette, percependo un intenso odore di bruciato. «Mh». Tirai fuori le chiavi dalla tasca e aprii la porta del mio appartamento, giusto in tempo per udire un'imprecazione provenire dalla cucina.

Ander mi seguì all'interno con un'espressione divertita.

E ci fermammo entrambi sulla soglia della

cucina a osservare la mia futura compagna. Stava muovendo la mano in aria, e per terra, accanto a lei, c'era una fetta di pane carbonizzata. «Il tuo tostapane sta cercando di uccidermi!» gridò. Poi si soffiò sulle dita, che erano rosso vivo a causa di una scottatura.

Aprii l'acqua, assicurandomi che fosse tiepida, le afferrai il polso e guidai la mano dolorante sotto il getto.

Inizialmente Daciana sibilò, ancora sofferente, ma poi sospirò e si sciolse su di me.

Indossava un'altra delle mie camicie, che le arrivava alle ginocchia.

Avevo ordinato degli abiti per lei, ma non erano ancora arrivati. Con la mia fortuna, sarebbero stati recapitati il giorno dopo, quando non ne avremmo più avuto bisogno.

«Cosa ne dici di tenere la mano qui sotto, mentre io preparo la colazione?» suggerii, baciandole la tempia.

«È il mio segnale per restare» disse Ander, appoggiando il fianco al bancone della cucina.

Gli lanciai un'occhiataccia. «O un invito ad andartene» replicai.

«No. So che vuoi che resti». Afferrò una tazza e la roteò in aria. «Preparo il caffè».

«Non hai un'omega da far incazzare?».

«Già fatto, amico mio» rispose. Si chinò, raccolse il pane bruciato e lo gettò nel cestino.

«La stai evitando» osservai.

«Non esattamente». E avviò la macchina del caffè, mettendo fine alla conversazione.

Bene. Se non voleva parlare dei suoi problemi con Kat, non avrei insistito.

«Okay, puoi restare per colazione. Ma poi te ne torni dalla tua gattina» gli dissi.

Lui sbuffò. «Di sicuro gli artigli non le mancano».

«Ci scommetto». Baciai Daciana sulla guancia, poi controllai la sua mano. La pelle aveva già iniziato a guarire. Essere una mutaforma aveva indubbiamente i suoi lati positivi. «Vuoi che ti faccia un po' di tè?».

Scosse la testa. «È già pronto». Indicò la teiera che campeggiava in mezzo al tavolo della sala da pranzo. «Stavo cercando di preparare anche del pane tostato, quando il tuo marchingegno infernale ha deciso di attaccarmi».

Sorrisi. «Già, fa molto di più che tostare il pane». Più tardi avrei dovuto mostrarle come usarlo. «Proviamo con dei waffle».

«Waffle?». Arricciò il naso. «Non li ho mai mangiati».

«Allora ti aspetta una bella sorpresa, perché il mio tostapane fa dei waffle eccellenti. Va' a sederti. Li preparerò per tutti e tre, visto che Ander si è autoinvitato a colazione».

«Consideralo un lavoro di ricerca» disse, riempiendo due tazze di caffè. Me ne passò una e precisò: «Ricerca sulle relazioni».

«Sì, come no». Più che altro, su come evitarle. Qualunque cosa stesse succedendo con Kat, ne era tormentato. Aveva chiaramente bisogno di una distrazione. E visto che non voleva parlarne, gli concessi il suo diversivo e mi dedicai a preparare la colazione.

Prima o poi sarebbe riuscito a risolvere i suoi problemi.

Come io avevo fatto con i miei.

Daciana, seduta a tavola come l'avevo esortata a fare, mi sorrise. Aveva le sue piccole mani avvolte attorno alla tazza di tè.

Ricambiai il gesto, sentendomi più a casa che mai.

Il timore che non fossimo compatibili mi fece mancare un battito, il pensiero di doverla lasciare andare mi rubò il respiro. Era la cosa giusta da fare, ma mi domandai se ne sarei stato davvero in grado. Perché anche solo l'idea che un altro maschio potesse toccarla, lupo Ash o meno, mi faceva venir voglia di uccidere qualcuno.

Vacillai e mi aggrappai al bancone; fortunatamente, stavo dando le spalle a Daciana e Ander.

Datti una regolata, pensai. Chiusi gli occhi e inspirai profondamente. *Non puoi prevedere il futuro. Affronta un giorno alla volta.*

Ripetendomi quelle frasi nella mente come un mantra, finii di preparare i piatti, presi lo sciroppo e portai tutto a tavola.

Un giorno alla volta.

Beh, forse il giorno decisivo sarebbe stato proprio l'indomani. In qual caso, avremmo conosciuto il nostro destino prima del calar del sole.

Speravo solo fosse quello che entrambi volevamo.

DACIANA

La montagna di coperte che c'era sul pavimento accanto al letto mi scaldò il cuore. Era un regalo del mio alfa, il suo modo di contribuire al nido su cui sapeva mi sarei concentrata durante il ciclo.

Fuori dalle finestre era calata la notte. La luna piena vegliava su Andorra, avvolgendola in una coltre di luce pallida.

Elias si avvicinò. Quando fu alle mie spalle, mi avvolse le braccia attorno alla vita e rimanemmo entrambi ad ammirare il paesaggio dalle tinte fiabesche. «Come ti senti?» mi chiese dolcemente.

Deglutii a fatica; sapevo a cosa si riferiva. «Sono cominciati i crampi». Un dolore sordo, che di solito mi suscitava un profondo timore. Eppure, quella sera mi sentivo stranamente calma. Tutto merito del senso di protezione offerto dal mio alfa. Per la prima volta nella vita, avevo un maschio che avrebbe potuto assistermi in modo appropriato durante l'estro.

Uno sciame di farfalle si agitò nel mio ventre, l'eccitazione correva lungo la mia spina dorsale.

Era tutto perfetto. Il modo in cui mi stringeva a sé, il calore che sprigionava il suo corpo nudo, la dura promessa che stava spingendo sul mio fondoschiena.

Mmm, avrebbe soddisfatto ogni mio bisogno. Anzi, stando a ciò che avevo visto in camera da letto, aveva già iniziato. Oltre alle varie lenzuola e coperte, aveva fatto rifornimento di cibo, acqua e altre cose utili per mantenerci felicemente al sicuro nel nostro bozzolo di beatitudine. Aveva fatto un lavoro straordinario, soprattutto per un alfa che non si era mai preso cura di un'omega durante il calore.

«Chi ti ha aiutato a preparare tutto?» gli domandai, voltandomi verso di lui.

I suoi occhi scuri come la notte mi sorrisero. «Jonas e Riley mi hanno dato qualche suggerimento». La sua mano risalì la mia schiena in una carezza, andando ad afferrarmi la nuca; con l'altro braccio, invece, continuò a tenermi stretta a sé. «E adesso dimmi come ti senti davvero. Non solo fisicamente, ma anche emotivamente».

«Sto…». Tacqui per qualche istante, riflettendo. «Mi sento in pace» ammisi piano. «Una parte di me è nervosa, ma non mi sono mai sentita così al sicuro. Di solito, a questo punto sono un fascio di nervi, rintanata da qualche parte con la speranza che nessuno mi trovi. Poi il dolore mi assale e mi pento immediatamente di essermi isolata da tutto e tutti, ma è così intenso che non posso farci nulla. E quando finalmente riemergo dall'estro, mi odio, pur sapendo che in meno di un mese ripeterò tutto da capo. Ma questa volta no. Con te… con te è diverso».

Mi studiò a lungo, con la fronte aggrottata. «Mi sento come se tutto ciò che ho vissuto fosse destinato a condurmi qui» mormorò in tono meravigliato. «Come se tutto ciò che ho fatto fosse stato per te, nonostante fino a poco tempo fa non sapessi nemmeno della tua esistenza».

Mi leccai le labbra; mi sentivo esattamente allo stesso modo. Come se tutta la sofferenza sopportata nei boschi fosse stato un modo di preservarmi per lui. Per il mio degno compagno. «Provo lo stesso anch'io».

Elias premette la fronte sulla mia. Il suo sospiro mi accarezzò le labbra. «Ho bisogno di chiederti una cosa. Una cosa molto difficile».

Mi accigliai e arretrai appena per guardarlo in faccia. «Cosa?» domandai. Mi si era annodato lo stomaco.

Elias si schiarì la voce, e un'espressione incerta gli comparve sul volto.

Qualsiasi cosa avesse dovuto chiedermi non sarebbe stata piacevole.

Ed ero abbastanza sicura di cosa si trattasse.

«Entro la fine del tuo ciclo, sapremo se i nostri destini saranno allineati o meno» cominciò, confermando i miei sospetti. «Devo sapere…». Si schiarì la voce ancora una volta. «Devo sapere come desideri procedere, nel caso in cui non fossimo in grado di concepire».

Ebbi l'impressione che il mio cuore smettesse di battere. La possibilità che fossimo incompatibili mi tolse il fiato.

«Non c'è ancora nulla di certo» si affrettò ad aggiungere. «Tutti i risultati ottenuti da Ceres confermano che sei fertile e in grado di procreare. È solo che non sappiamo se potrai accettare il mio seme. E se così non fosse...». La sua espressione si incupì. «So quanto sia importante per un'omega avere dei figli, Daciana. Non vorrei mai privarti di ciò che desideri. Anche se significasse negare quello che sento dentro di me».

Un attimo... Aggrottai la fronte, confusa. «Quello che senti?».

«Che sei mia» sussurrò. «Non reclamarti è stato uno dei compiti più difficili che abbia mai affrontato, ma non posso legarti a me senza sapere se posso darti ciò che vuoi. Non sarebbe giusto. Eppure, nonostante continui a ripetermelo, il mio impulso egoistico di rivendicarti continua a crescere. Quindi ho bisogno che tu mi dica cosa desideri, ad alta voce, per tenere a bada i miei istinti. Per favore».

«Non mi hai reclamata perché sei preoccupato di non potermi dare un figlio» riassunsi.

Elias annuì. «E so quanto siano importanti i bambini per le omega. Non posso rubarti quel sogno».

«E tu?» insistetti. Volevo assicurarmi di aver capito. «Non vuoi anche tu un bambino?».

Elias esitò per qualche istante, cercando la risposta dentro di sé. «Sì, ma ciò che voglio ancora di più sei tu. E lo so che ammetterlo è da egoisti. Per questo vorrei che mi dicessi quali sono i tuoi desideri. In modo che possa anteporli ai miei».

«Quindi, se non fossi in grado di darti un figlio, lo accetteresti». Non una domanda, ma un'affermazione. Un'affermazione intrisa di sconcerto. «Sei un alfa. La procreazione è il tuo fine ultimo».

Ridacchiò. «Sì, beh, è un qualcosa che desidero, ma trovare la compagna giusta per me è in cima alla lista. Immagino che questo mi renda diverso dagli altri, perché sì, hai ragione: la maggior parte degli alfa vuole un erede. Per me, invece, non è importante quanto assicurarmi una partner. Essere un alfa privo di compagna condanna a un'esistenza solitaria, Daciana. E dopo quello che ho sperimentato con te, beh, una beta non sarà mai più abbastanza. Non quando so cosa significa darti il mio nodo».

Lo fissai a bocca aperta. «Com'è possibile che ci sentiamo così profondamente connessi dopo aver trascorso così poco tempo insieme?» sussurrai meravigliata. Perché anch'io la pensavo allo stesso modo. Lo volevo molto di più di quanto volessi un figlio. E qualcosa mi diceva che non era solo un desiderio passeggero. Era inciso a fuoco nella mia anima.

Il suo sguardo si intenerì, e un dolce sorriso fece capolino sulle sue labbra. «Non lo so, tesoro. Ma è così che mi sento».

«Anch'io». Mi alzai in punta di piedi e lo baciai, riversando in quel gesto tutte le emozioni che stavo provando.

Quell'uomo aveva superato ogni mia aspettativa, dimostrandosi sempre più degno. E volevo che sapesse quanto lo apprezzassi, quanto desiderassi stare con lui a prescindere dalle nostre differenze biologiche.

Se non avessimo potuto avere un bambino, avremmo trovato un altro modo di stare insieme.

Il settore Andorra era tutto orientato verso la scienza, la medicina e la tecnologia. Se c'era qualcuno che poteva aiutarci a determinare un percorso adatto alla nostra situazione, erano i lupi che vivevano sotto la cupola.

E lo dissi ad alta voce, guadagnandomi un ringhio sommesso. Un'ondata di desiderio si riversò tra le mie cosce, riempiendo l'aria dell'odore della mia eccitazione. La prima fase del mio estro stava iniziando.

Non sapevo se fosse stato lui a farlo accadere, o se fosse stata una scelta del destino. In ogni caso, non mi interessava. Ero troppo persa nel nostro bacio per riflettere su dettagli così frivoli.

Gli gettai le braccia attorno al collo e

praticamente mi arrampicai sul suo corpo, nel tentativo di raggiungere ciò che desideravo di più. Premere il mio sesso sulla sua erezione pulsante.

«Sì» mormorai, avvolgendogli le gambe attorno alla vita. Mi sollevò in aria, reggendomi con una mano sul mio sedere.

Entrò dentro di me con un'unica spinta, in una connessione deliziosa e perfetta.

La mia schiena colpì la parete. I suoi fianchi guidavano i nostri movimenti, la sua bocca era una benedizione.

Oh, adoravo tutto quanto.

Lui.

L'innegabile chimica che c'era tra di noi.

Quel momento meraviglioso.

Tutto ciò che riguardava il nostro legame era perfetto, giusto e totalmente reciproco.

«Daciana» ansimò, possedendomi completamente. Mi serrai attorno a lui, esortandolo ad aumentare la velocità, a spingersi ancora più in profondità.

E lui lo fece.

Mi diede tutto ciò che volevo.

Le sue labbra accarezzarono le mie. Viaggiarono lungo la mia guancia. I suoi denti mi graffiarono la mascella.

«Sì, sì» lo incoraggiai, sapendo cosa desiderasse: quel legame che bramavo anch'io. «Fallo» gli dissi. «Rendimi tua».

Ci saremmo occupati del resto in un secondo

momento.

Il presente era l'unica cosa che mi importava.

Il nostro accoppiamento.

Il nostro futuro.

Le nostre vite che si fondevano e diventavano una.

«Ne sei sicura?» chiese in un sussurro spezzato. «Dimmi che sei sicura».

«Mordimi, alfa» gli ordinai invece. «Marchiami!».

«Cazzo» rantolò, esalando un gemito che scosse ogni fibra del mio essere. Fremetti, stretta a lui, mentre la mia estasi continuava a crescere.

«Adesso» lo implorai. «Ti prego, Elias. Ti prego. Fallo ora. Finché sono ancora lucida». Perché non appena il calore si fosse impossessato di me, non avrei capito più nulla. Sarei diventata schiava dei bisogni del mio corpo e del suo, un ammasso di necessità che soltanto il mio alfa avrebbe potuto soddisfare.

Ma, per il momento, ero ancora in me.

E volevo ricordare per sempre la nostra unione.

«Ti prego» ripetei, inarcandomi verso di lui.

Imprecò di nuovo. La sua bocca indugiò sul mio collo, là dove il mio battito pulsava febbrile. «Non posso... Ho troppo bisogno di te». I suoi denti lacerarono la mia pelle. La momentanea fitta di dolore percorse la mia spina dorsale, mentre un torrente di euforia mi invase le viscere. E una catena mi cinse il cuore.

Una catena con inciso il suo nome.

La mia anima si sciolse e diventò un tutt'uno con la sua, radicando il nostro legame.

Mio, mormorò la mia lupa, e mi ritrovai a dirlo anch'io ad alta voce.

«Mia» concordò Elias, leccando il sangue che mi colava lungo la spalla.

Mi baciò, scopandomi con la lingua e con il sesso, portandomi a un punto di non ritorno.

Gridai e gli graffiai la schiena, pulsando a ritmo con la sua erezione. Il suo nodo si agganciò dentro di me, gettandomi nell'oblio dell'estro.

Un bisogno intenso, mai provato prima, prese il controllo di tutto il mio essere. Anche mentre venivo, volevo di più. Il suo seme non era neanche lontanamente sufficiente a placare la mia bestia interiore.

Le mie labbra catturarono le sue. Ebbi l'impressione che l'agonia mi spezzasse in due, e così lo morsi. Avevo bisogno che mi scopasse più forte. Che mi prendesse dentro il nido. Che mi conducesse in un altro livello di esistenza.

Le sue mani erano ovunque, le sue dita esploravano ogni centimetro del mio corpo.

Ma non era abbastanza.

Piansi.

Mi lamentai.

Lo implorai per averne di più.

Pretesi che il suo nodo tornasse pochi secondi dopo essersi ritratto.

LEXI C. FOSS

Gli urlai di montarmi.

Mi riconoscevo a stento. Mi resi conto a malapena che ora le mie mani erano appoggiate sul materasso; mi ero messa a quattro zampe, ed Elias mi stava prendendo da dietro.

«Sì, così» gemetti, spingendo indietro il bacino perché mi penetrasse più a fondo.

Il suo petto copriva la mia schiena, le sue labbra erano sul mio collo, i suoi denti conficcati nella mia carne. E un meraviglioso ringhio virile si riverberava lungo la mia spina dorsale.

Mi sentivo posseduta.

Completamente sotto il suo controllo.

E lo adoravo, ne volevo di più, avevo bisogno che mi prendesse con più forza e *spingesse*.

Oh, fu quello che fece. Le sue mani erano delle morse roventi sui miei fianchi. Mi tenevano stretta mentre lui mi mostrava una realtà completamente nuova. Una realtà in cui mi librai in aria e precipitai con un sospiro.

L'estasi placò temporaneamente la mia fame selvaggia, permettendo alla mia mente di riemergere abbastanza a lungo da accorgermi dell'atteggiamento protettivo con cui il mio compagno mi stava tenendo tra le braccia, mentre il suo seme si riversava dentro di me.

Eravamo stesi sul fianco; la mia testa era appoggiata sul suo braccio, il suo torso sudato circondava la mia schiena nel più affettuoso degli amplessi.

Un dolce tepore si diffuse nelle mie vene, solleticando i miei sensi e risvegliando il mio cuore con una rinnovata sete.

Elias mi tranquillizzò con un brusio rilassante e mi ritrovai a sbadigliare. Mi accorsi vagamente che, fuori dalle finestre, il sole brillava alto nel cielo.

Per quanto abbiamo scopato?, mi domandai.

Le mie membra indolenzite suggerivano che dovevano essere trascorse ore. Forse addirittura giorni.

Mmm, ma non avevamo ancora finito. Anzi, stavamo per raggiungere il culmine della nostra frenesia.

Volevo fare di più.

Assaggiarlo.

Le mie dita sparirono tra le mie cosce, alla ricerca del frutto del nostro piacere. Me le portai alle labbra e gemetti, inarcandomi verso di lui.

«Oh, sei insaziabile» mi accusò con una risatina roca.

Guaii in risposta, spingendomi all'indietro in un gesto voglioso che mi fece guadagnare uno schiaffo sul fianco.

E di nuovo quel suono delizioso.

Mi strusciai su di lui, contorcendomi smaniosa.

Le sue labbra mi sfiorarono il collo, i suoi denti mi graffiarono l'orecchio. «Dimmi cosa vuoi, piccola. Urlalo per me».

«*Tutto*» ansimai. «Prendimi ovunque».

Scivolò fuori, facendo l'esatto opposto di quello

che gli avevo chiesto. Ma poi si insinuò tra le mie natiche. «Qui?» domandò. Il suo respiro caldo si infranse sulla mia gola.

Mmm, sapevo che sarebbe successo. Mi aveva lentamente preparata con le dita per ore. E nonostante preferissi ricevere il suo nodo tra le cosce, volevo sperimentare anche quella posizione. «Ti prego» dissi, premendo il sedere sulla sua erezione. «Scopami».

«Dove?» chiese, e la sua mano mi accarezzò il clitoride. «Dimmi dove vuoi che ti scopi».

«Lì dietro, Elias» sibilai. «Voglio sentirti ovunque. Sempre. Fammi tua in ogni modo possibile».

«Sei già mia» rispose, penetrandomi con una rapida spinta.

Gridai nel sentirmi improvvisamente piena. Era una sensazione diversa, ma altrettanto meravigliosa. E lui continuò ad accarezzarmi in mezzo alle cosce, regalandomi un'incredibile combinazione di piacere.

«Elias» mugolai. I suoi movimenti mi portarono in un altro di quei luoghi oscuri e proibiti a cui il mio corpo agognava.

Spinte brutali.

Violente.

Selvagge.

Incontrai ciascuna di esse con una foga incessante. L'appagamento incombeva e spariva troppo rapidamente perché potessi afferrarlo.

Le mie guance si bagnarono di lacrime.

Il suo tocco mi stava facendo impazzire.

Finché non pizzicò il mio clitoride e lo torse bruscamente, *costringendo* il mio orgasmo a esplodere. Il suo nome lasciò le mie labbra in un grido. La gola mi doleva per tutte le urla che gli avevo già regalato, ma non riuscivo a smettere. Il suo gemito soddisfatto mentre veniva fu come musica per le mie orecchie.

Niente nodo.

Perché non era il posto giusto.

Ma questo significava anche che si sarebbe ripreso più in fretta e avrebbe potuto prendermi ancora.

E ancora.

E ancora.

«La mia bocca» ansimai con urgenza. «Devi scoparmi la bocca».

«Lo farò» promise. «Non appena ti avrò fatta venire di nuovo sul mio cazzo».

«Mmm» mormorai, felice di quella risposta.

Ma d'un tratto il bisogno di sistemare il nostro rifugio di cuscini e lenzuola prese il sopravvento; doveva essere tutto perfetto per il nostro accoppiamento.

Elias rotolò sulla schiena, lasciandomi improvvisamente vuota. Mi misi a cavalcioni su di lui, con il suo seme che mi colava tra le natiche.

Avrebbe dovuto prendermi lì di nuovo, per assicurarsi che fossi sua in tutti i modi possibili.

Mi era piaciuto.

Ne volevo ancora.

Volevo sentirmi completamente piena del suo seme.

Mi allungai per sprimacciare il cuscino posizionato sotto la sua testa. I miei seni gli sfiorarono il petto, e il suo sguardo luminoso trovò il mio. «Dopo scopiamo così» dichiarò. «Con te che mi cavalchi».

Acconsentii con un mugolio compiaciuto, poi ricominciai a sistemare il nostro nido. Nel frattempo, Elias prese un asciugamano e ripulì il più possibile le lenzuola dai nostri fluidi corporei.

Dopo un po', quando sentii crescere di nuovo la sua erezione, mi misi a cavalcioni su di lui.

Gemette, lasciando cadere la testa all'indietro in una splendida dimostrazione di edonismo. Mi assicurai che fosse completamente dentro di me, per poi chinarmi su di lui e morderlo sui muscoli tesi del collo, desiderando di marchiarlo come aveva fatto con me. Trasalì, sorpreso, ma ciò non impedì ai miei denti di affondare nella sua pelle.

Raddrizzai la schiena, soddisfatta di come il suo sangue tingeva le mie labbra, e iniziai a scoparlo.

E fin troppo presto venimmo di nuovo all'unisono. La parte di lui che più desideravo si agganciò dentro di me e mi riempì della sua essenza.

Continuammo a fare l'amore. A giocare. A memorizzare ogni più intimo dettaglio dei nostri corpi. Ingoiai il suo seme, adorando il modo in cui il suo nodo pulsava alla base della sua erezione quando lo presi in bocca. Venne di nuovo dentro di me. Facemmo sesso con lui sopra, poi con me sopra. Contro la testiera. A un certo punto, mi ritrovai a penzolare dal letto con le mani posate sul pavimento e le gambe in aria. Un'altra volta, invece, lo facemmo con lui che mi prendeva da dietro, mentre il mio viso era premuto sul materasso, da cui mi costrinse a leccare via i resti delle precedenti scopate.

Mi introdusse in un mondo di beatitudine che non avevo mai esplorato, nemmeno con la fantasia. Nemmeno nei miei sogni più arditi.

Mi marchiò come sua.

Mi concesse di fare lo stesso con lui.

I nostri gemiti riecheggiarono tra le pareti in un canto infinito.

E scopammo fino a non capire più nulla.

Fu solo dopo qualche giorno che la mia ebbrezza cominciò a diminuire e il dolore ai muscoli e tra le cosce a prendere il sopravvento.

Se anche Elias si sentiva affaticato, non lo dava a vedere. Ma il suo corpo era decorato dai miei graffi e dai segni dei miei morsi. Ed era arrossato ovunque, come il mio, conseguenza della nostra unione violenta e selvaggia.

Ansimai sotto di lui, mentre il mio ultimo orgasmo scemava in placide ondate di piacere e dolore.

«Mmm, ecco la mia Daciana» mormorò,

trascinando il naso sulla mia guancia. «La mia splendida compagna, sicuramente incinta».

Il mio cuore si fermò.

Incinta.

Mi posai la mano sul ventre, cercando di concentrarmi, ma gli strascichi dell'estasi continuavano a trascinarmi giù, cercando di trattenermi nell'estro un po' più a lungo.

«Sento il mio seme dentro di te» sussurrò con le labbra posate sul mio orecchio. «Abbiamo creato una vita insieme, Daciana».

«Sei sicuro?» rantolai. Il mio petto bruciava per la mancanza d'aria. Avevo bisogno di respirare. Ma non potevo. Non finché non avessi *saputo*.

«Sì» disse, sorridendo sulla mia bocca. «Assolutamente».

Una gioia incontenibile mi travolse. I miei polmoni si riempirono d'aria, lasciando le mie labbra con un suono che fu in parte risata, in parte singhiozzo.

I nostri lupi sono destinati a stare insieme, pensai, euforica. «Siamo compagni».

«Sì, piccola, lo siamo» confermò, impossessandosi delle mie labbra in un bacio che mi marchiò l'anima. «Sei mia».

«E tu sei mio» boccheggiai, provando una felicità mai conosciuta, una felicità che mi incendiò il cuore. «Il mio Elias».

«La mia Daciana».

Ridacchiai. «Mi piace come suona».

«Anche a me» disse dolcemente. «E amo la sensazione che mi suscita».

«Oh, sì» confermai. «E sai cos'altro amo?».

«Cosa?». Mi guardò teneramente, in equilibrio sui gomiti appoggiati ai lati della mia testa.

«Te» ammisi. «Amo te».

Un sorriso mozzafiato gli illuminò il viso. «Anch'io ti amo, Daciana del settore Andorra».

Schiusi le labbra, pronta a correggerlo. Finché non mi resi conto che non ce n'era bisogno.

Perché aveva ragione: ero ufficialmente Daciana del settore Andorra.

La compagna del comandante Elias.

Incinta di suo figlio.

Un'omega Ash reclamata da un alfa X-Clan.

Una gioia incommensurabile mi esplose nel petto. Lo strinsi tra le braccia e mormorai: «Compagno, fa' l'amore con me».

«Dopo giorni passati a scopare, è la tua prima richiesta?» chiese in tono divertito. «Sei veramente la donna perfetta per me, eh?».

Mi inarcai verso di lui. «Ora, alfa».

«Che omega esigente» commentò, mordicchiandomi il mento. «Per fortuna so come soddisfare i tuoi bisogni».

«Dimostralo» lo sfidai.

«Oh, è esattamente ciò che ho intenzione di fare, piccola». Le sue labbra si posarono sul mio orecchio. «E adesso urla, Daciana. Di' a tutto il settore che sei mia».

EPILOGO

ELIAS

Una settimana più tardi…

DACIANA ERA SEDUTA ACCANTO a me al tavolo del consiglio. Aveva le mani strette in grembo in un atteggiamento pudico. Gliene afferrai una e le diedi una piccola stretta, per poi baciarle la tempia. «Andrà tutto bene, piccola» sussurrai.

Lei annuì, mordicchiandosi il labbro inferiore.

Ander era seduto dall'altro lato, alla mia sinistra. Davanti a noi c'era uno schermo nero, su cui stavamo aspettando che comparisse l'alfa del settore Shadowlands.

Presentare Daciana al consiglio era stato orribile, le loro domande a dir poco invadenti. Ma lei era riuscita a gestire tutto senza problemi. Il suo respiro era rimasto regolare, il suo battito tranquillo. Nemmeno Enzo o Artur erano riusciti a metterla in difficoltà.

Parlare con Dušan, però, era tutta un'altra cosa.

Quando Ander aveva suggerito che Daciana restasse per la telefonata, si era irrigidita e non aveva più detto nulla. Ero stato quasi sul punto di portarla via, ma poi mi aveva assicurato che sarebbe stata in grado di farcela. Che aveva *bisogno* di esserci.

E aveva ragione.

Affinché l'accordo andasse a buon fine, il settore Andorra doveva dimostrare di aver rispettato i patti e averla tenuta al sicuro.

Dal momento che ormai avevamo la certezza che i lupi Ash e i lupi X-Clan erano compatibili, quella telefonata era di vitale importanza.

Ogni membro del consiglio aveva ammirato Daciana con uno sguardo famelico. Il loro desiderio era palpabile. Alla prospettiva che Ander potesse fornire loro delle omega con cui accoppiarsi, si erano quasi gettati ai piedi dell'alfa.

Beh, quasi tutti.

Artur ed Enzo erano di tutt'altro avviso. Per fortuna, però, le loro opinioni non erano condivise dalla maggior parte degli altri alfa. Era dura poter negare le enormi potenzialità dell'accordo con Dušan, ritrovandosi davanti la mia compagna incinta. Grazie ai nostri dispositivi all'avanguardia, avevamo potuto dimostrare ciò che il mio lupo già sapeva: che Daciana portava in grembo mio figlio. Certo, sarebbe bastata anche una semplice annusata, ma Ceres lo provò anche ai lupi più scettici.

Dušan comparve sullo schermo con un albero alle spalle, come sempre. Non telefonava mai da un ufficio. Non ero nemmeno sicuro che ne avesse uno.

«Ander» salutò.

«Dušan» rispose l'alfa del mio settore. «Abbiamo terminato i nostri test».

L'alfa del settore Shadowlands annuì, e i suoi occhi azzurro chiaro si spostarono su Daciana. «Ti vedo bene, piccola. Spero significhi che ti stanno trattando in modo appropriato».

«Meglio degli alfa laggiù» borbottò lei a denti stretti.

Dušan inarcò un sopracciglio. «Scusami, non ho sentito».

Oh, aveva sentito benissimo. Ma le stava dando la possibilità di assumere un atteggiamento più rispettoso, prima di rivolgersi di nuovo a lui.

Le diedi un'altra piccola stretta alla mano, stavolta in segno di avvertimento. Irritare la persona con cui Ander voleva fare affari era una pessima idea.

Daciana si schiarì la voce e ricominciò: «Ho scelto Elias come mio compagno, e sono incinta di suo figlio».

Non era esattamente una risposta, ma l'alfa sembrò accettarla. «Presumo che il requisito del corteggiamento sia stato rispettato».

Un piccolo sorriso le increspò le labbra, e le sue guance assunsero una sfumatura rosata. «Sì. Elias si è dimostrato un compagno assolutamente degno».

La baciai sulla tempia, ringraziandola tacitamente per le sue parole. «Ti amo» le sussurrai all'orecchio.

«Ti amo anch'io» mormorò, guardandomi negli occhi. I suoi, due pallide gemme celesti, brillavano.

Mi ci volle un notevole sforzo per non stringerla tra le braccia e divorarla. Non appena l'incontro fosse terminato, l'avrei presa. Forse addirittura sul tavolo, così Enzo e Artur avrebbero dovuto annusarne le tracce durante il prossimo incontro.

«Avevo programmato di chiedere un incontro privato con Daciana per verificare che non fosse stata costretta ad accettare il legame, ma vedo che non sarà necessario» osservò Dušan, poi si rivolse a me. «Ha scelto bene».

«Sì» concordai. Non avrei potuto dire altrimenti: aveva scelto me. «Ma sei comunque il benvenuto a parlarle in privato, se lei è d'accordo».

«Non ce n'è bisogno» disse la mia compagna in tono deciso. «Ho scelto Elias e lui ha scelto me. Ora siamo ufficialmente una coppia. Sono convinta che anche tutte le altre omega saranno trattate bene, almeno finché Ander sarà l'alfa del settore Andorra».

Il mio migliore amico le lanciò un'occhiata sorpresa, per poi concentrarsi su Dušan. «Ho governato il settore per quasi un secolo. Non ho intenzione di smettere tanto presto».

«Speriamo» rispose l'alfa Ash. «Sei l'unico lupo X-Clan con cui abbia accettato di negoziare».

Ander annuì. «Vale lo stesso per me». Si schiarì la voce. «Beh, come puoi vedere, il nostro esperimento è stato un successo. Siamo pronti a procedere con il resto dell'accordo».

Altre nove omega in cambio di una montagna di dispositivi tecnologici avanzati, per non parlare di medicine e mezzi di trasporto.

Ne avevano già ricevuto un carico come pagamento per Daciana, ora ne avrebbero avuti nove volte tanto.

Era il primo passo nel nostro tentativo di rimediare allo squilibrio tra alfa e omega nel settore Andorra. Se Ander avesse avuto successo, sarebbe sicuramente rimasto al vertice almeno per altri cento anni. Forse anche di più, considerando quanto a lungo vivessero i lupi.

Aveva solo bisogno di sistemare le cose con la sua omega, perché puzzava di insoddisfazione.

Qualsiasi cosa stesse affliggendo lui e Kat era decisamente un problema. Non appena terminammo la nostra telefonata con Dušan, lo esortai a risolverlo.

«Ci sto lavorando» fu tutto quello che disse Ander, prima di dirigersi a grandi passi verso l'ascensore.

Daciana rimase accanto a me, seguendo con lo sguardo l'alfa indispettito. «Non sembra molto felice, per uno che si è appena assicurato un carico di omega».

«Perché l'omega che vuole non sta al suo gioco» dissi.

«Allora forse dovrebbe cambiare tattica» suggerì lei.

«Spero davvero che lo faccia» mormorai, scuotendo la testa. «Ma ne dubito». Ander Cain era un lupo molto testardo. Esattamente come la sua futura compagna.

«Peccato. A me piace giocare con te» dichiarò Daciana stringendosi a me, con le dita che risalivano lungo la mia camicia. «A dirla tutta, ho già qualcosa in mente».

Le avvolsi le braccia attorno alla vita, decisamente interessato. «Di cosa si tratta, principessa?».

Un sopracciglio biondo si inarcò, e uno scintillio malizioso le danzò nello sguardo. «Io scappo. Tu mi insegui».

«Oh, quello è il mio gioco preferito» ammisi.

«Anche il mio».

Premetti le labbra sulle sue, dandole un assaggio del futuro che la aspettava accarezzandole la lingua con la mia. «Ti do cinque minuti di vantaggio» sussurrai.

«A partire da quando raggiungiamo il piano terra» rilanciò.

Sorrisi. «Va bene».

Mi diede un piccolo morso alla mascella. Il suo viso brillava di entusiasmo. «Andiamo».

La seguii in ascensore e la baciai durante tutta la discesa. Poi la guardai spogliarsi, incapace di nascondere il desiderio che provavo per lei. Lanciai anche i miei vestiti sulla pila creata dai suoi, incurante di lasciarli nell'edificio.

Attraversai le porte di metallo a piedi nudi, con la sua pelliccia che mi sfiorava le cosce. «Corri, Daciana» le dissi dolcemente. «I tuoi cinque minuti di vantaggio iniziano ora».

Si lanciò verso l'uscita. Le guardie le aprirono la porta con un'espressione divertita.

Ed esattamente cinque minuti più tardi, le corsi dietro a quattro zampe, seguendo la scia del suo dolce profumo.

Mia, ringhiò il mio lupo, elettrizzato dalla caccia.

Perché quando l'avessi trovata, avrei ricevuto il premio più grande di tutti: *la mia compagna*.

Grazie per aver letto questa storia!

L'universo X-Clan continua con La freccia di Winter…

Il vero amore è un mito.

Un trucco.

Un modo per soggiogare la protagonista e portarle via tutto.

Winter Snow

Il mio "vero amore" ha cospirato con la mia matrigna per farmi uccidere e rubare il mio trono.

Ma hanno fallito.

Mi sono nascosta e ho architettato la mia vendetta. Non sono più la damigella in pericolo che credevano che fossi. È giunto il momento di affrontarli. E riprendermi il mio regno.

A chi servono i nani, quando hai i lupi?

A chi servono le lame, quando hai le frecce?

Una volta il mio nome era Snow, ma ora mi chiamano "la freccia di Winter". Perché sono qui per distruggerli tutti.

Kazek Flor

Non sono un principe, ma un alfa. E prendo quello che voglio, quando voglio. Nei boschi, ho trovato una principessa in fin di vita. L'ho presa e l'ho fatta mia.

La addestrerò. La incoraggerò. La aiuterò a ottenere la vendetta che le spetta. Poi, insieme, sconfiggeremo il settore Winter e la malvagia Regina degli Specchi.

Scappate, lupi.

La vostra principessa è pronta a risorgere. Con me al suo fianco.

E siamo assetati del vostro sangue.

Nota dell'Autrice: Questa storia è una rivisitazione della fiaba di Biancaneve, basata sull'universo Omegaverse in cui è ambientata la serie X-Clan.

La scrittrice di Bestseller per *USA Today* Lexi C. Foss
è un'autrice persa nel mondo della tecnologia. Vive
ad Chapel Hill, in Carolina del Nord, con suo
marito e i loro figli pelosi. Quando non scrive è
impegnata a mettere crocette sulla lista dei posti che
vuole visitare. Nella sua scrittura si ritrovano molti
dei luoghi in cui è stata, tra cui il mitico mondo di
Hydria, basata su Hydra, nelle isole greche. È
eccentrica, consuma troppo caffè e ama nuotare.

www.LexiCFoss.com